KB052709

할아버지는 네 편이란다

−조부와 손자의 감성대화법 34

할아버지는 네 편이란다

-조부와 손자의 감성대화법 34

손영목 지음

도화

| 책머리에 |

평생 동안 오로지 소설가로만 줄곧 활동하며 살아온 제가 인생 말년에 이런 비문학 도서를 저서 목록에 보태게 될 줄은 몰랐습니다.

세속적 의미에서 제 인생 연장의 소중한 존재인 손자가 태어나 유년과 소년을 거쳐 어언 청소년에 이르기까지 성장 과정을 하루하루 흐뭇하게 지켜보는 동안, 그로 말미암아 쌓여온 사랑과 기쁨과 관심을 소담하게 담은 한 그릇이 이 책입니다.

처음은 아이가 유치원 다니기도 전에 할아버지 사랑한다, 답신 안 해도 읽어만 주면 된다는 뜻을 제 어머니 핸드폰 빌려 전해온 가슴 찡한 문자메시지가 시작이었지요.

나는 그에 대한 답신은 일부러 종이편지로 써서 우편으로 부쳐 보내며 잘 모아 보관하라고 시켰답니다. 나중에 커서 본인은 기억 못 하는 자기 어릴 적 모습이 어떠했는지 알 수 있는 사랑의 선물이 될 테니까요.

하지만, 메시지와 편지 교환 횟수가 거듭되는 동안 아이의 지적 수준이 점점 높아져 그 의미가 시들해지며 언젠가 중단되고 말았습니다.

근년 들어 아이가 어느덧 고등학교에 입학할 무렵, 나는 모처럼 만나 그 모습을 보고 깜짝 놀랐습니다. 흔히 말하는 사춘기 성장통을 앓느라 몹시 수척해지고, 명랑하며 밝던 얼굴에 수심이 가득하더군요.

나는 충격을 받고 몹시 후회했습니다.

'아! 그 소통의 아름다운 줄을 놓지 않고 유지하며 정신성장에 맞춰 멘토링과 어드바이스를 계속할걸. 그랬다면 애가 저 지경이 안 됐을 텐데.'

그래서 이번에는 가급적 일주일 한 번 정도 이메일 대화로 소통을 복원하고, 공부에 몰두하느라 시간이 금쪽같을 테니 답신은 일일이 응답하는 대신에 이따금 보내도 양해하는 걸로 약속을 받아냈습니다.

나는 재차 시작에 앞서 이런 생각을 했지요.

'쟤가 이젠 청소년 됐으니, 그 나이와 지적감성 수준에 걸맞을 뿐 아니라, 가급적이면 앞으로 살아가는 데 필요한 실질적 교양을 키우기에 비료가 될 수 있는 교육적 내용으로 끌어가야겠구나.'

이런 소박한 기본 의도를 제대로 반영시켰는지 어떤지는

자신있게 장담할 수 없군요.

그래도 아이 스스로 할아버지 이메일이 정신을 가다듬고 본래의 자기자리에 돌아와 공부 열심히 하는 데 타이밍 좋게 활력소가 됐다고 고마워하고 밝은 모습을 보여주니, 그만으로도 나름의 역할을 했구나 싶어 만족합니다.

아울러, 우리 손자 또래 청소년들과 그 가정에 작으나마 참고가 될 수 있을 듯싶어 소책자로 만들어 세상에 내놓기로 했습니다.

출판환경이 어려운데도 흔쾌히 받아준 도서출판 도화에 부담을 안겨주지 않고 작으나마 도움이 되는 결과를 기대하며 삼가 마음을 가다듬습니다.

차례

1부

봄을 기다리며

할아버지 편지-1

문자메시지

원재 안녕.

오늘부터 하부가 사랑하는 원재한테 편지를 보내려고 해.

많이 바빠서 날마다 편지를 쓸 수는 없고, 이따금 써서 보낼 거야.

너는 하부한테 '하부 안녕, 편지 잘 받았어요.' 하는 문자메시지만 엄마 핸드폰으로 보내주면 돼. 알겠지?

저번에 네가 보낸 문자메시지 읽고, 하부는 가엾어서 눈물이 핑 돌았단다. 하부를 사랑한다고, 답장 안 보내도 읽어만 주면 된다고 그랬지?

그동안 하부가 답장을 꼬박꼬박 왜 못 보냈냐 하면, 워낙 바쁜 데다 핸드폰으로 메시지 보내는 것도 서툴러서 그랬어. 너는 영리하고 마음씨가 고우니까 하부를 용서해주리라고 생각해.

하부와 함머는 원재가 태어나던 날 얼마나 기뻤는지 몰라.

항상 그날을 생각한단다. 금방 태어나는 아기는 대개 모두 쪼글쪼글한데, 너는 유난히 매끈하고 귀여웠거든.

하부는 이제부터 편지로 네가 자라나는 모습을 옆에서 지켜보며 기록해놓을 거야. 다음에 네가 커서 읽어보면 재미나겠지?

오늘은 이만 쓸게.

아무쪼록 네가 건강해야 할 텐데, 하부 함머는 그것이 제일 걱정이란다.

감기 조심하고 잘 있어.

2010년 12월 22일

원재를 너무너무 사랑하는 하부가(함머도 함께)

할아버지 편지-2

왜 무섭게 말했어?

우리 귀염둥이 원재 안녕.

하부 함머는 네가 점점 자라나면서 아기 같지 않고 큰아이처럼 의젓이 행동하는 모습을 볼 때마다 신통스럽고 기쁘구나.

네가 그려준 감나무그림을 안방 벽에 붙여놓고 바라볼 때마다 하부 함머는 웃는단다.

하부는 네가 세 살이던 때의 일을 잊을 수가 없구나.

아주 이른 아침에 전화벨이 울려서 하부가 눈을 비비고 수화기를 들자 우리귀염둥이 원재 목소리가 나와서 반가운데, 너는 대뜸 이렇게 물었지.

"하부, 근데, 접때 왜 나한테 무섭게 말했어?"

처음에는 무슨 소린가 하고 어리둥절하다가, 그 전날 네가 엄마아빠랑 하부네 집에 다녀간 걸 얼른 기억해냈지.

네가 괜한 고집을 부리기에 그러면 안 된다고, 하부가 조금 엄하게 말했던가봐. 그 일을, 너는 하부가 화를 내며 꾸짖는 줄 알았던 모양이지? 아침에 눈 뜨자마자 전화를 걸 정도면 어리고 여린 마음에 얼마나 큰 상처가 되었나 싶어 애처롭고 미안하더구나.

그래서 하부가 사실은 그렇지 않다고, 원재를 항상 많이 사랑한다고 설명해서야 너는 '응, 그래?'하고 조금은 안심이 되는 듯이 대꾸하며 전화를 끊더구나. 기억나니? 잊고 있었지?

원재야.

하부는 너희엄마와 너희삼촌들이 어렸을 때도 항상 무조건 예뻐하지 않고 잘못이 있으면 꾸짖었단다. 진짜 사랑은 그래야 하는 거야.

네가 앞으로도 자라나면서 엉뚱한 고집을 피우거나 심술을 부리면 하부는 똑같이 그렇게 할 거야. 그건 원재를 사랑하는 것하고는 다른 문제거든.

하부는 네가 하부한테 꾸지람 듣지 않고 정직하고 착하고 바른 어린이로 자라나기를 무척 바라며, 또 그렇게 자라나리라고 믿는다.

오늘은 여기까지만 쓰마.

감기 걸리지 않게 조심하거라. 안녕.

2011년 1월 19일

하부가

할아버지 편지-3

빨리 백 살 되고 싶어

우리귀염둥이 원재에게.

그동안 잘 지냈어?

며칠 전 하부 차를 타고 장위동 집에 와서 하루 동안 즐겁게 잘 놀았지?

그러다가 날이 어둑어둑해지니까 네가 처음으로 엄마랑 떨어져 자게 되니 조금 불안한 거 같고, 극성쟁이 너희엄마도 성화를 부리는 바람에 어쩔 수 없이 저녁에 데려다주고 말았구나.

하부와 함머는 매우 섭섭했단다. 사랑하는 우리 손자를 꼭 껴안고 하룻밤 자보는 게 무엇보다 소원이거든. 과연 네가 몇 살이 되면 그 소원을 풀 수 있을까?

어쨌거나 하부 함머는 네 이야기를 많이 하며 지금도 웃는단다.

함머한테 안겨 무릎에 앉아 장위동에 오면서 네가 갑자기 이렇게 물었잖아.

"하부, 나 빨리 백 살 되고 싶어. 근데, 하부 함머 지금 몇 살이야?"

너는 '백 살'을 무척 힘주어 큰 소리로 말하더구나.

하부와 함머는 네가 왜 그런 말을 했는지 생각해봤단다.

하부 함머한테 늘 귀염을 받는 게 기쁘고 고맙고, 더군다나 하부 함머를 많이 사랑해서 그렇게 말했지? 하부 함머도 너무 너무 기쁘고 고맙구나.

원재야.

지금은 아직 겨울이라 춥지만, 얼마 안 있으면 봄이 되어 날씨가 따뜻해질 거야.

더구나 너는 곧 유치원에 다니게 될 거고 많은 친구들이 생기게 될 테니까 신나지 않아?

그러려면 감기 안 걸리도록 밤에 이불 꼭 덮어 자고, 엄마가 해주시는 밥 맛있게 많이 먹어 건강해야 돼.

하부 함머는 유치원 옷을 입은 멋진 손자를 보게 될 게 벌써부터 기다려지고 즐겁구나.

안녕, 잘 자거라.

2011년 2월 15일

하부와 함머가

할아버지 편지-4

봄을 기다리며

사랑하는 원재에게

우리 꼬맹이 안녕!

유치원 처음 다녀와서 이 편지를 보겠구나.

하부는 너를 생각할 때마다 '우리 귀염둥이가 또 감기에 걸리지 않았을까'하고 걱정부터 앞서니 어쩌면 좋아?

하는 수 없지, 뭐. 지난번에도 하부가 말했듯이, 몸이 튼튼하면 감기 같은 건 덤벼들지 못한단다.

어떻게 하면 몸이 튼튼해질까? 엄마가 해주시는 음식 맛있게 먹고, 열심히 뛰어놀고, 그러면 튼튼해지는 거란다. 별다른 방법이 있는 게 아니야.

아직은 이르지만, 날씨가 따뜻해지고 산들산들한 바람이 불고 나뭇잎사귀들이 파릇파릇 돋고 꽃이 피기 시작하면 원재도 밖에 나가서 힘차게 뛰어놀 거지?

외갓집에도 자주 오너라. 하부 함머는 언제나 대환영이야.

그럼 하부랑 뒷산에 올라가서 왕개미도 보고 왕거미도 보고 노랑나비 흰나비도 보게 될 거야.

너 두 살이나 세 살 때 하부하고 같이 산에 여러 번 올라간 거 생각나니?

가다가 오다가 어느 집 개가 대문 안에서 갑자기 '왕!' 하고 짖어서 원재가 깜짝 놀라기도 했잖아.

올라갈 때는 잘 갔다가도 내려올 때는 '하부, 나 업어줘'했던 것도 기억날걸.

하부는 우리 귀염둥이를 업어주는 게 너무나 즐겁고 행복하단다.

지금 외갓집 감나무랑 앵두나무랑 꽃나무들이 겨울잠에서 깨어나려고 기지개를 켜고 있구나. 곧 새순이 나와서 잎사귀가 되고 꽃이 피고 열매가 맺힐 거야.

원재도 외갓집 마당 참 좋지?

조금만 있으면 즐거운 봄이 될 테니까 그때 반갑게 만나자.

그러니까 그동안 밥 많이 먹고 건강하고 유치원 열심히 다니고 해. 알았지?

오늘을 이만 쓸게. 안녕.

2011년 3월 4일

하부가

할아버지 편지-5

유원지 소풍놀이

사랑하는 우리 손자 안녕.

너희엄마 전화로, 네가 요즘은 아픈 데 없이 건강하고 유치원에도 즐겁게 다닌다고 알려줘서 기쁘구나.

할아버지 할머니도 잘 지내고 있단다.

오늘 할아버지와 할머니는 네 이야기를 하면서 많이 웃었구나.

너도 기억하지? 지난 언젠가 할아버지와 할머니, 너희아빠 엄마와 너, 이렇게 다섯이서 너희아빠 차를 타고 유원지에 소풍을 갔던 거. 그날 많은 꽃도 보고, 놀이기구도 타면서 네가 즐거워했잖아.

거기가 어디냐 하면 소요산 산정호수란 곳이란다.

점심때가 되어 준비해간 음식을 벌여놓고 식사준비를 하는데, 할아버지와 할머니가 그만 실수를 했어. 불고깃감과 불판은 준비해갔지만 불을 피울 숯은 깜빡 잊어버렸거든.

그래서 할아버지가 야외용 숯을 사려고 부랴부랴 조금 떨어진 가게에 찾아갔는데, 그냥 숯만 사면 될 것을, 할아버진 이왕이면 널 기쁘게 해주려고 이것저것 과자랑 사탕까지 골랐어.

그러다 보니 계산하고 값을 치르는 데 의외로 시간이 조금 걸렸지 뭐야.

그때, 할아버지를 기다리느라 누구보다 마음이 조급해진 할머니가 불평을 늘어놓자, 네가 태연히 이렇게 말했다지?

“함머, 걱정 마. 하부 저기 오고 있어.”

이 말을 듣고 속도 없는 너희할머니, 자기는 미처 못 보는데 내 모습이 네 눈에는 먼저 띄었나보다 싶어 ‘어디, 어디?’하며 오리처럼 목을 뽑아 두리번거렸다고 하더구나.

그래서 나중에 모두 웃음보가 터지고, 할아버진 너희할머니를 어린손자보다 못하다고 핀잔했단다.

원재야.

너는 걱정하는 할머니를 안심시키며, 한편으로 할아버지를 위하고 감싸주려 그렇게 말했던 거지?

할아버진 이처럼 어린아이답지 않게 마음이 깊고 의젓한 네가 무척 자랑스럽고 예쁘구나.

너는 이다음에 커서 틀림없이 훌륭한 사람이 될 거야. 꼭 그렇게 되어서 할아버지 할머니를 기쁘게 해줄 거라 믿는다.

오늘은 이만, 다시 또 편지 쓸게.

안녕.

2011년 10월 2일

할아버지가

할아버지 편지-6

곤충이랑 파충류 보러 가자

우리 원재 뭐하고 있니?

지금 저녁 8시 38분인데, 어쩌면 잠자리에 들어갔을 거 같구나.

새 집에 이사 가서 아프지 않고 잘 지낸다기에 할아버지와 할머니는 얼마나 기뻤는지 모른단다.

할아버지 할머니는 원재 생각을 하면 제일 먼저 간절히 바라는 게 너의 건강이거든.

지난번 처음으로 약간 기침도 하고 아팠다지? 그건 별 거 아니야.

그렇더라도 항상 조심은 해야지.

할아버지가 곤충이랑 파충류랑 보여주겠다고 한 약속은 항상 잊지 않고 있으니까, 어느 때든지 일요일에 아빠 엄마 허락받아가지고 전화해.

원재가 괜찮다고 한다면 어린이과학관에도 데려가마. 과학관에 가면 네가 좋아할 구경거리가 아주 많단다.

원재야.

할아버지가 너희네 집에 전화하면 꼭 너희엄마가 먼저 받는데, 할아버지는 네가 먼저 수화기 들고 '여보세요?' 하고 받으면 아주 기쁘겠구나.

할아버지 할머니 전화가 아니더라도 너희네 집에 걸려오는 전화는 모두 네가 먼저 받아서 누구에게 온 건지 확인한 다음, 엄마나 아빠한테 수화기를 넘겨주면 좋겠다.

그렇게 하는 게 너처럼 생각이 깊고 영리하고 씩씩한 어린이한테 어울리는 행동이란다.

그러면 전화한 사람들 모두가 기분이 좋아서 원재를 칭찬할 거야. 지금부터라도 그렇게 할 수 있지?

아무튼 엄마가 해주시는 음식 많이 맛있게 먹고 무럭무럭 건강하게 자라다오.

또 편지하마. 안녕!

2011년 10월 5일

원재를 너무너무 사랑하는 할아버지가

할아버지 편지-7

어린이다운 어린이

지금 우리원재 뭐하고 있을까?

너 유치원 졸업식에 다녀와서 할아버지랑 할머니는 네 이야기를 참 많이 했단다. 착하고 의젓하고 잘 생긴 손자가 있어서 할아버지 할머니는 무척 행복해.

지난번에도 말했지만, 너는 이제 아기가 아니라 학교에 다니게 된 어엿한 어린이야.

어른이 어른다워야 하는 것처럼, 어린이도 어린이다워야 한다는 걸 잊지 마라.

공부 열심히 하고, 인사 잘하고, 친구들과 잘 지내는 어린이가 되기 바란다.

얼마 전에 할아버지는 동네 시장에 갔다가 네 생각을 했단다.

기억나니? 고사리 같은 손으로 할아버지 손가락 하나 잡고

아장아장 걸어 함께 시장구경 했던 거. 한 번도 아니고 여러 번이었지.

시장구경 가면 가게마다 전등불 환하고, 여러 가지 상품이 가득 쌓여 있고, 사람들이 복작복작 오가는 걸 넌 몹시 재미나고 신기하게 여겼잖아.

그러다가도 갑자기 쪼그리고 앉아 할아버지를 쳐다보며 '다리 아파'했지. 그건 '하부, 업어줘' 하는 뜻 아니겠어?

그럼 할아버지는 웃으며 등을 내밀었단다. 널 업어주는 일이 할아버지한테는 가장 기쁘고 즐거운 일 중의 하나였으니까. 등에 착 달라붙는 말랑말랑하고 따스한 네 몸을 느끼는 것이 얼마나 좋았는지 모른단다.

아무튼 이제는 초등학교 1학년 학생이 되었으니까 씩씩하고 건강하고 공부 열심히 하고, 부모님과 선생님께 공손한 어린이가 되어야 한다.

참, 원재는 이제부터 일기를 쓰도록 해.

할아버지는 중학교 다닐 때 쓴 일기장을 지금도 가지고 있단다.

일기장을 차곡차곡 쌓아뒀다가 이다음에 어른이 되어 읽어보면 얼마나 재미있고 즐겁고 행복하겠니. 꼭 잊지 마라.

오늘은 바빠서 이만 쓰마. 안녕.

2012년 3월 10일

원재를 사랑하는 할아버지가

할아버지 편지-8

너를 기다리는 것들

원재에게

할아버지와 할머니가 먼 데 다녀와서 막 짐을 풀다가 우리 귀염둥이 전화를 받았단다. 학교에 가더니만 말도 훨씬 조리 있게 또박또박 정확하게 하는 걸 보니까 기특하구나.

원재가 찾아오면 항상 대환영이지.

아까 전화에서도 말했지만, 널 기다리는 게 할아버지와 할머니뿐만이 아니란다. 날마다 알이 굵어가는 감·토마토·호박·오이도 원재를 기다리고, 야옹거리며 우리마당에 왔다갔다 하는 귀여운 고양이도 원재를 기다리는 거 같구나.

어제 아침, 네가 말하는 '호텔집' 식당에서 아침밥을 먹는데, 저만치 떨어진 식탁에 할아버지 할머니 나이또래인 손님이 원재보다 더 어린 손자하고 셋이서 식사를 하더라. 그 모습을 보면서 할아버지와 할머니는 얼마나 부러웠는지 몰라.

어린 손자 데리고 여행 온 그 사람들처럼 할아버지와 할머니도 원재 데리고 여행할 수 있으면 얼마나 좋을까.

여름방학이 얼마 남지 않았지? 방학 땐 엄마 허락 받아서 외갓집에 오너라. 아니, 할아버지가 데리러 갈게. 그래서 민물고기 키우는데 가보자꾸나. 거기 가면 물에 들어가서 직접 물고기를 만져볼 수 있고, 가지가지 신기한 구경도 할 수 있단다.

원재 데리고 놀러갈 생각하니까 벌써 마음이 설레는구나.

그럼 오늘은 이만 쓴다. 안녕.

2012년 7월 7일

할아버지가

2부

네 마음에 반짝이는 별

할아버지 편지-9

네 마음에 반짝이는 별

사랑하는 우리원재에게

할아버지는 지금 네 동시집을 보고 있단다.

네 동시집이라니, 무슨 얘긴지 어리둥절하다고?

너희엄마 책장 어딘가에도 꽂혀있을『네 마음에 반짝이는 별』말이다.

그야 쓰긴 내가 써서 책을 펴냈지만, 너로 말미암아 쓰게 됐을 뿐 아니라 작품 상당수는 네가 어릴 적 모습과 행동으로 모티브를 제공한 것이므로 네 동시집이라고 해도 과언이 아니거든. 말하자면 할아버지와 손자의 합작동시집이라고 할까.

이 속에 수록된 작품들 중에「전해지는 이야기」가 새삼스럽게 가슴 찡한 감동을 불러일으키는구나.

—옛날
깊은 산 속에
귀여운 아기토끼가 살았거든?

아빠가 얘기하고,
눈이 말똥
아이는 쳐다보고

아이가 자라서
엄마가 되었습니다.

—옛날
깊은 산 속에
귀여운 아기토끼가 살았어요.

엄마는 얘기하고,
귀가 쫑긋
아이는 쳐다보고……

아이가 자라면
아빠 되고,
귀여운 아기토끼 이야기는
또 새록새록 이어지겠지요.

네가 아주어린 꼬맹이일 적 너희 집에 가서 품에 꼬옥 안고는 무심코 아기토끼 얘기를 들려주다가 속으로 깜짝 놀랐단다. 네가 갑자기 고개를 돌려 눈을 똥그랗게 뜨고 쳐다봤거든.

'아, 이 녀석이 제 엄마한테서 똑같은 얘길 들었나보네.'

그걸 깨닫는 순간, 가슴에 밀려오는 잔잔한 감동에 콧날이 찡하더구나.

넌 지금 그런 일 기억도 안 나겠지만, 그게 네 어릴 때의 스냅 한 컷이란다. 그때 수도 없이 들었을 게 뻔한 '아기토끼 이야기'는 지금도 네 머릿속에 아름다운 추억으로 남아있으리라 믿어.

할아버지는 네가 이다음에 어른이 돼서 장가를 들어 행복한 가정을 이뤘을 때, 어려서 엄마한테 들었던 '아기토끼 이야기'를 아이들한테 해줄지도 모른다는 희망 섞인 예상으로 이 동시를 썼다만, 한편으론 그럴 가능성은 별로 기대할 바가 아니라는 생각도 드는구나.

왜냐하면, 더없이 선량하고 아름다운 본심과 달리 자식한테 상냥하게 사랑을 표하는 데 서투르고 쑥스러워하는 너희아버지 성격을 네가 다분히 이어받았다고 여겨지기 때문에 그래.

할아버지가 뭘 잘못 안 거니? 그렇다면 천만다행이고.

어쨌거나 동시집을 펴놓고 네 아잇적 모습을 새삼 그려보는 즐거움은 여간 소중하지 않구나.

나는 평생 동안 소설가로 살아온 전문성에 충실하는 걸로 만족할 뿐, 문학의 다른 장르에 곁눈질할 욕심은 조금도 없었다. 그런데 네가 태어나 꼬물꼬물 자라나는 모습이 너무나 사랑스러울 뿐 아니라 영리한 짓으로 귀염을 떠는 바람에 동시를 안 쓸 수 없게 됐지 뭐냐. 네 덕분에 소설가에다 시인까지 됐으니, 아무튼 고맙구나.

지금이 밤 9시 반이니, 넌 책상 앞에 앉아서 한창 공부하느라 여념이 없겠네. 가여운 우리 손자.

너무 무리하지 않기 바란다.

안녕. 좋은 꿈 꾸렴.

할아버지 편지-10

성장통으로 아픈 손자에게

할아버지가 사랑하는 우리 손자.

고등학교 진학을 앞두고 코로나사태가 쓰나미처럼 밀려와 학교도 다니는 둥 마는 둥, 친구들과도 친하게 사귈 수 없어 매우 심란하고 짜증스럽지?

내가 지금까지 살아오며, 6·25전쟁 이후 지금처럼 혼란하고 불행한 세상은 살아본 적이 없구나.

하지만 어쩌겠느냐. 중세기 때 유럽 인구를 거의 절반 가까이나 줄인 페스트처럼, 코로나도 아무런 사전준비나 대비 없이 인류가 갑자기 당한 온 세계적 재앙인걸. 이제 치료제와 백신이 막 개발되고 있으니까 얼마 안 가서 모든 게 정상으로 회복되리라 기대해도 될 거 같다.

이럴 때일수록 의연하고 침착하며 희망의 끈을 놓치지 않는 마음의 자세가 필요하지 않겠니.

내가 굳이 이 이메일을 보내고자 하는 건, 누구보다 사랑하는 우리 손자의 마음에 조금이라도 위안과 도움을 주고 싶은 성심에서야. 할아버지의 뜻 알겠지?

너 아주 어렸을 적에, 내가 보낸 종이편지 여러 통 읽은 기억이 있을 거야. 당시의 계획은 네가 자라나는 귀엽고 사랑스런 모습을 그때그때 기록해 모아뒀다가 이후 성년이 된 너한테 선물로 줄 작정이었단다. 하지만, 일도 바쁘고 여러 가지 사정으로 지속을 못하고 만 게 나로서는 안타깝고 후회스러웠다.

네가 어느덧 나름대로 자기의지가 생긴 어엿한 청소년이 되자마자 정신적인 성장통을 앓고 있다는 사실을 알았을 때, 그 안타까움과 후회가 얼마나 컸는지 너는 모를 거다.

원재야.

이제라도 우리사이에 둘이만 아는 훈훈한 '소통의 자리'를 마련해놓고 이런 대화를 이어갔으면 기쁘겠구나.

네가 앞으로 부딪치게 될 여러 가지 문제와 생각들에 관해 이야기해주면, 할아버지가 자신의 청소년기 경험과 기억을 감안한 조언으로, 해결까지는 아니더라도 도움이 될 방향을 찾아줄 수 있을 거 같거든. 어때, 찬성해줄 거지?

내가 짐작컨대, 너희아버지는 사업일로 워낙 바쁘기도 하거니와 성격상으로도 너에 대한 자상스런 멘토링이 부족하지 않겠나 싶어. 아버지의 존재감이 절실히 필요한데도 곁에 그 모습이 안 보일 때의 심정은, 나도 너 만할 적에 싫도록 경험한 사람이란다.

너희할머니는 나더러 영감탱이가 혼자 잘나서 독단과 고집이 센 사람이라고 핀잔하는데, 타고난 성격도 성격이지만, 어쩌면 어렸을 때 그처럼 성장한 탓도 있는지 모르겠구나.

그렇더라도 사람이 뚜렷한 자기주관과 의연한 이지로 정신무장을 항상 하고 있어야 함은 당연하며, 우리 손자도 그런 개성의 소유자라고 믿는다.

원재야.

이렇게 적고 보니 콜라 한 잔 마신 것처럼 가슴속이 시원하구나. 이 시원함이 우리 손자한테도 전달됐으면 좋겠다.

아무쪼록 건강에 유의하고 동생도 챙기면서 잘 지내거라.

오늘은 이만 그친다.

*추신: 너희엄마한테는 비밀로 하는 게 좋겠구나.

| 손자의 답신 |

할아버지 감사합니다.

말씀드리고 싶은 얘기가 많지만, 이다음에 쓸게요.

안녕히 계세요. 할머니도요.

할아버지 편지-11

인생의 목표를 세워라

사랑하는 우리원재에게

새해 아침이 밝았지?

지금은 살아있지 않은 법정스님이 생전에 했다는 말이 문득 생각나는구나. 아침에 해가 떠서 저녁에 지는 자연순환의 사이클은 날마다 똑 같고 변함이 없는데, 사람들은 괜히 명절이니 무슨 기념일이니 구실이름 붙여서 야단법석을 피운다고.

그 말이 아주 틀리지는 않지만, 내 생각에는 괴짜스님의 독단적 투덜거림으로 들리는구나. 사람은 온 세상 만물의 영장답게 정신세계가 광범위하고 정서가 오묘한데, 생존과 생식의 본능밖에 없는 동물한테나 해당됨직한 그런 핀잔은 좀 심한 거 같다.

어쨌든 새해를 맞았으니, 올 한 해를 어떻게 보내야겠다는 소망과 계획이 필요하지 않겠니?

물론 그게 꼭 이뤄진다는 보장이 없고, 어쩌면 실망과 좌절로 끝날 수도 있겠지. 그렇지만 그런 꿈과 추진의지를 갖는 사실 자체만으로도 중요하고 의미가 있다는 걸 알아야 하느니라.

원재야.

이건 굳이 일 년 계획에만 해당되는 이야기가 아니란다. 인생의 어떤 목표를 설정하고, 거기까지 도달하기 위한 계획과 노력이 필요함도 물론이다.

우리 손자의 장래 희망이 과연 어떤지, 할아버지는 궁금하고 흥미롭구나.

물론 그 희망은 신체적 성장기를 지나고 사회생활을 하게 되면서 주변 환경과 자신의 실생활에 따라 조정되거나 달라질 수도 있겠지. 어쨌거나 그렇더라도 자기 인생의 목표를 가능한 한 앞당겨 세우는 것이 현명하고 유리하다고 생각한다.

내 경우를 이야기해주면 너한테 다소 참작이 될지도 모르겠구나.

내가 문학가, 그 중에도 '소설가'가 되겠다고 목표를 정한 건 중학교 3학년 때였다.

낡은 일기장 속의 '4293. 5. 3 화요 흐림'이란 일력 아래 거창한 '일생一生 프로그램'을 짜놨는데, 펜으로 잉크를 찍어 공책 6쪽에 걸쳐 써놓은 인생설계 중에 문학 관련 구절만 추려서 그대로 옮기면 이런 내용이란다.

1. 지금부터 18세

① 훌륭한 소설을 써서 명성을 떨친다.

2. 19세~20세

③ 소설은 자주 쓴다.

5. 26~28세

④ 소설가로서 시인으로서 터전을 잡는다.

6. 29세~

① 소설가·시인 즉, 문학가로서 완전한 기반을 잡는다.

④ 문학가의 생활보장을 위해 꼭 문인협회를 만들어 인쇄업자 출판업자에게서 문인의 생활을 보전한다. 인쇄소를 형님과 만들어 형님으로 하여금 경영케 한다(형님이 좋다 할 경우).

⑤ 문학박사는 물론 노벨상(문학상)까지도 탈 때까지 노력한다.

⑥ 문학뿐 아니라 그림·조각·의학에도 능통한다.

지금 쓰는 연호는 서기西紀지만 옛날에 쓴 연호는 우리 고유인 단기檀紀였는데, 단기4293년이면 서기로는 1960년이야.

지금의 한국문인협회가 탄생한 게 1962년이니, 그보다 2년 전에 겨우 중학교 3학년짜리가 문인협회를 조직 설립하겠다는 엉뚱하고 당찬 포부를 가졌다면 이게 기막힐 노릇 아니니?

비록 문인협회 창설은 아닐지라도 한국문인협회 이사와 한국문협60년사 편찬위원장, 한국소설가협회 부이사장과 이사장직무대행 이력이 하늘에서 거저 툭 떨어진 건 아니었던 셈이다.

아무튼 앞에서 거론한 그림이니 조각이니 하는 부문에 개인소질에 입각한 관심을 가져보기도 했지만, 오로지 문학과 소설에 전념해서 살아온 게 오늘 네가 바라보는 할아버지의 모습이란다.

원재야.

이 편지를 읽고 나면 뒤따라 많은 상념이 떠오를 거야. 설마 할아버지가 괜한 사설로 마음을 산란하게 만든다고 생각하진 않겠지?

어쨌거나 네 맑은 영혼 속에 소용돌이까지는 아닐지라도 작은 파문을 일으켰다면, 이 편지는 제구실을 한 셈이다. 그

파문이 네 정서에 값진 플러스 효과를 가져다줬음을, 언젠가는 스스로 인정해주리라 믿고 싶구나.

날씨가 추워졌으니 아무쪼록 감기 안 걸리도록 조심하거라. 동생도 잘 챙기고.

안녕.

| 손자의 답신 |

할아버지, 지금의 저만한 나이 때 어떻게 그런 굉장한 생각을 하셨어요? 정말 놀랍습니다. 역시 할아버지가 대단한 분이시라는 걸 알겠어요. 저도 제 '일생 프로그램'을 짜볼까 해요. ㅎㅎㅎ

할아버지 편지-12

언행을 조심하는 요령

사랑하는 원재에게

텔레비전과 신문에서 오랜만에 경험하는 대단한 한파라고 떠드는데, 영하 십칠팔도를 오르내리는 기온이다 보니 과연 춥기는 춥구나.

이런 때일수록 건강에 이상이 안 생기도록 각별히 주의해야 하는데, 우리 손자 무탈하게 잘 지내고 있지?

요즘 세상 돌아가는 형편을 유심히 지켜보면, 코로나사태로 말미암아 보건과 관련해 거듭되는 똑같은 뉴스도 질릴 정도거니와, 정치적으로나 사회적으로 쓰잘 데 없는 공허한 말을 무책임하게 함부로 마구 쏟아내 정신적 공중보건을 해치는 사람들이 많은 거 같아 안타깝구나.

내가 생각하기에는 혼란스럽고 어려운 세상을 살다 보니 다들 마음이 피폐해져 그렇지 않나 싶다.

글과 달리 말은 한번 뱉으면 입에 도로 주워 넣거나 고칠 수가 없단다. 자기가 한 말을 바꿀 수 있을지는 모르지만, 그 수정 자체가 실수를 인정하고 흠집이 되는 걸 어떡하냐. 그러니까 자기가 하려는 말이 타당하고 정당한지, 마음속으로 일단 짚어보는 게 현명하고 지혜로운 태도가 아닐까 싶구나.

우리 손자는 과묵하고 신중한 성품이니까, 말을 헤프게 뱉는 실수를 안 하리라고 믿는다.

말에 관한 명언을 몇 개 알려줄 테니, 상식으로 새기고 앞으로의 언어생활에 참고하렴.

그리스 시대의 유명한 웅변가이며 사상가인 데모스테네스가 한 말.

—접시는 그 소리로 어디에 있나 없나를 알게 하고, 사람은 그 말로 지식이 있나 없나를 (타인이) 판단하게 한다.

다음은 초창기 미국 건국의 아버지 중 한 명으로 추앙받는 벤저민 프랭클린이 한 말이다.

—현명한 사람이라면 한 마디 말로 족하다. 많은 말은 필요하지 않다.

옛 중국의 유명한 사상가인 노자老子는 이렇게 말했단다.

—진실한 말은 아름답지 않고, 아름다운 말은 미덥지 않다.

이건 너도 너무나 잘 아는 공자公子의 가르침이야.

—평생의 선행도 한마디 잘못된 말로 깨진다.

우리 옛말에는 어떤 게 있을까?

—가루는 칠수록 고와지고, 말은 할수록 거칠어진다.

이밖에도, 원래는 한 치 밖에 안 되는 작은 흉기로도 사람을 죽일 수 있다는 뜻이지만, 짧은 말 한마디로 상대방에게 그 정도의 큰 충격이나 감동을 줄 수도 있다는 비유법으로 즐겨 쓰는 '촌철살인寸鐵殺人', 말 속에 딱딱한 뼈가 들었다는 뜻인 '언중유골言中有骨'도 있구나.

원재야.

너도 이젠 어느덧 청소년이 됐고 어엿한 고등학생이니까, 나이와 신분에 어울리는 어법을 곰곰 생각해보는 게 좋지 않을까?

그처럼 자신을 업그레이드하면 사람 자체가 우선 돋보일 뿐 아니라, 친구나 학우들도 너를 다시 바라보게 될 거야. 그렇게 할 거지?

오늘은 이만 쓴다.

안녕.

추신/ 토요일이나 일요일, 주마다 한 편씩 보낼 작정이니까 그런 줄 알아라.

| 손자의 답신 |

할아버지 말씀 고맙습니다. 저 스스로는 말을 많이 하는 편이 아니라고 생각되지만, 어쨌든 마음에 새기고 앞으로의 언어생활에 참고할게요.

할아버지 편지-13

인생의 안목과 지식을 넓혀라

원재에게

신년 새아침 영상통화에서 처음 본 너의 빡빡머리가 너무 귀엽고 신통해, 할아버지가 지지난 번 편지에 몇 마디 덕담을 했지?

나중에 할머니가 너희엄마와 통화하고 전달해준 이야기로, 네가 신년 들어 공부 열심히 해서 네 본래의 자리로 돌아가겠다는 새로운 각오의 증표임을 알게 됐구나.

그래, 참으로 기특하고 장한 생각이다. 그만한 결기를 봬주는 건 우리 손자가 그만큼 성숙하고 남아답다고 여겨져 매우 흐뭇하구나. 그 초심을 흩트리지 말고 자신과의 약속을 부디 지켜나가기 바란다.

그런데, 원재야.

할아버지가 말은 이렇게 원론적으로 할망정 가슴으로는 그

다지 석연치 않구나. 왜냐하면, 나는 요즘 학생들이 경쟁심리에 쫓겨 죽어라 하고 공부하는 걸 별로 탐탁하게 여기지 않는 사람이기 때문이다.

공부 열심히 해서 성적을 높이는 것도 물론 중요하지. 그렇지만, 한창 성장기에 운동과 레크리에이션으로 몸과 마음을 활기차고 즐겁게 하면 나중에 사회생활하며 인생을 살아가는데 훨씬 더 요긴하고 값진 에너지가 축적되거든. 그 귀중한 활력소를 원천적으로 빼앗긴 거나 다름없는, 너를 포함한 요즘 중고등학생들 전부가 가엾구나.

나는 지금 너 만한 나이 무렵에 이런 궁리를 했느니라.

'어차피 내가 걸어가야 할 방향은 정해져 있고 씨름해야 할 상대는 나 자신인데, 누구나 다 하는 학과공부 구태여 머리 싸매고 해서 무슨 대단한 소용이 있을까?'

시건방지고 무모한 생각이라 할지 모르겠으나, 어쨌든 타고난 두뇌로 적당히 앞가림하며 혼자 사색하고 읽고 쓰는 문학공부를 꾸준히 한 결과가 오늘의 내 모습이란다.

너처럼 감수성이 예민한 성장기에는 다양한 활동으로 세상과 인생에 관한 안목과 지식을 넓힘이 현명하며, 그 가장 쉬운 방법이 독서가 아닐까 싶다.

컴퓨터게임 시간을 가급적 줄여 다방면에 관한 책을 많이 읽는 독서습관을 길러라. 그러는 동안 너도 모르는 새 점점 즐거움에 몰입되며 지적 포만감을 느끼게 될 거야.

그렇다면 어떤 책을 읽느냐가 문제겠지?

아인슈타인은 열서너 살 때 '자연과학에 관한 대중서'라는 20권짜리 전문서적 읽기에 푹 빠졌다지만, 너무 그리 거창하게 생각할 거 없어.

할아버지가 제일 먼저 권하고 싶은 책은 소설이다.

소설은 수많은 유형의 인간이 개성적으로 살아가는 다양한 이야기들이므로 우선 재미있을 뿐 아니라, 그 속에 많은 지식이 담겨 있기 때문이다. 그리하면서 관심이 가는 다른 분야의 책들로 점점 범위를 넓혀 가면 금상첨화 아니겠느냐.

용돈을 아껴 서점에 가서 네 관심이 쏠리는 책을 사보기를 바란다면 내가 너무 많은 걸 기대하는지 모르겠다만, 너희엄마가 가지고 있는 할아버지 작품집들을 하나하나 꺼내서 읽어보는 것도 새롭게 느껴보는 흥미로운 지적접근법이 되리라 믿는다.

인터넷에 들어가 무조건 검색창에 내 이름을 적어봐라. 그러면 할아버지 사진과 이름과 약력과 대표작품들 제목이 뜰 거다. 교보문고 ebook과 리디북스에는 내 작품집들 전부가 올라있고.

우리 손자한테 무조건 껍벅 죽는 할아버지의 다른 모습을 발견하는 것도 재미있지 않겠니?

그래, 오늘은 이만 그친다.

안녕.

할아버지 편지-14

성선설과 성악설

원재야.

할아버지가 늘 다행이고 자랑스럽다 생각하는 사실 중의 하나는 내 혈육으로 세상에 나온 자식들이 하나처럼 착하고 정신이 바르다는 점이다.

세상에 자기자식 사랑하지 않고 대견히 여기지 않는 못된 부모가 얼마나 있겠냐마는, 아무튼 그런 점에서 나는 복이 있는 사람이라 생각한단다.

그런데, 내 마음은 이럴망정 정작 본인들은 달라서 부모 생각을 별로 탐탁하게 받아들이지 않는 거 같아 마음에 걸리는구나.

무슨 이야긴가 하면, 언젠가 너희엄마도 너희삼촌도 무슨 이야기 끝에 이런 불평을 하지 뭐야. 자기들 어렸을 때, 흔히 하는 말로 '범생이'로서 착하고 바르게 행동하기를 늘 기대하고 요구하는 부모 때문에 스스로의 자주성과 발전성이 제대로

피어나지 못했다는구나, 글쎄.

할아버지나 할머니는 그토록 억압적으로 키우지 않았다고 생각하는데, 당사자 입장에서 그렇게 인식하고 있다면 부모와 어른으로써 훈육의 방법에 문제가 있었는지도 모르겠다 싶으면서도, 한편으로는 서운하구나.

원재야.

너희엄마와 삼촌의 생각이 비록 그럴지라도, 사람이 주위로부터 '착하다'는 평판을 듣는 것은 축복이지 인생살이에서 손해 보는 건 절대 아님을 알아줬으면 좋겠다.

내가 보건대, 너도 너희아버지와 엄마 닮아 성품이 선량하니까 친구들한테도 좋은 인상을 심어줘 호감을 사고 있으리라 믿는다. 자신이 조금 손해 본다 여겨지더라도 항상 남을 배려하고, 상대방에게 행여 상처를 주지 않을까 말을 조심하거라.

누군가가 제삼자를 비방하는 말을 하면 무조건 거기 가담하지 말고, 너 자신의 객관적 판단과 정당한 논리로 점잖게 비평을 가하렴. 그러면 상대방은 틀림없이 '아, 얘가 나보다 훨씬 어른스럽네' 하고 속으로 놀라며 너를 다시 인식하게 될 거다.

옛날 중국의 사상가 맹자孟子는 사람은 누구나 태어날 때부터 착한 도덕성을 지니고 있다는 성선설性善說을 폈다.

그 반대로, 사람의 본성은 원래 악하다는 성악설性惡說을 주창한 사상가가 순자荀子인데, 그런 순자도 악한 인성은 후천적 노력과 교육에 따라 얼마든지 선한 방향으로 바뀔 수 있다는 여지를 남겼다.

성선설과 성악설은 얼핏 봐선 대립되는 이론 같지만, 궁극적으로는 사람이 선량하게 살아야 한다는 귀결점에선 서로 만나고 있다고 여겨지는구나.

너는 성선설과 성악설 어느 쪽이 더 타당하다고 생각해?

곰곰 생각해보고 네 의견을 말해주면 기쁘겠구나. 부담스럽게 여기진 말고.

오늘은 이만 쓴다.

잘 자거라.

| 손자의 답신 |

할아버지께서 보내신 편지 잘 읽었어요.

저도 사실 성선설과 성악설에 대해 고민해본 적이 있답니다. 제가 중학교 1학년이었을 때, 도덕 수업에서 성악설과 성선설을 다루었거든요. 잘 기억이 나진 않지만, 그때 저는 성선설 쪽으로 좀 더 마음이 기울여졌어요.

성선설을 보여주는 재미있는 실험이 하나 있는데, 만 3세 이하의 어린이들에게 한 애니메이션을 보여주었어요. 언덕을 오르려는 세모를 도와주는 동그라미, 반대로 심술궂게 막는 네모가 등장합니다. 대다수 아이들은 동그라미를 좋아했어요. 어린 아이들도 남을 돕는 행위를 긍정적으로 인식한다는 사실을 알아낼 수 있는 실험이었죠.

그때 저는 사람은 본능적으로 선한 것을 좇고, 간혹 주변 환경에 의해 타락하는 경우가 있으리라고 생각했어요.

그로부터 3년이 지나가면서 아주 많은 일들이 있었어요.

저 나름으로는 초등학교 6년과 중학교 1년 동안 범생이였다고 생각하지만, 사실 제가 공부를 하는 이유에 대해서는 전혀 생각을 못 해봤어요. 성적이 잘 나오면 부모님 기분이 좋고 칭찬받는다는 성취감은 있었지만, 목표가 불투명했거든요.

더구나 중학교의 공부는 초등학교 시절과는 꽤나 달랐어요. 초등학교 때 제가 했던 공부량과 방식으로는 영 아니었거든요.

갈등은 중학교 2학년이 되면서 더 심화되었어요. 새로운 반 친구들은 나쁜 애들이 아니었지만, 대다수가 착한 담임선생님을 무시하고 때때로 소란을 피우기도 했었죠. 그땐 마냥 재미있었어요. 제 목표와 가치관이 뚜렷하지 않아서 그냥 아무생각 없이 흘러갔어요. 그러다 보니 성적이 C를 넘어 D, E까지도 떨어지더군요.

정말 새로운 경험이었지만, 가족들은 당연히 더 많이 놀랐지요. 부모님은 제가 인터넷만 하면서 하루를 소비하는 모습에 안타까워하시고, 일주일에 몇 번씩은 큰소리가 났었어요. 사실 성적의 문제라기보다는, 제가 사춘기라는 핑계로 부모님께 감정을 많이 푼 게 더 큰 원인이었어요.

그런 생활이 중학교 3학년 초에 끝납니다. 그래서 그대로 집이 평화로워졌을까요?

그렇게 보낸 2학년을 교훈삼아, 저는 '원래 모습으로 돌아가기로' 마음을 먹었어요.

하지만 이게 웬걸, 그동안의 무너진 생활 습관과 자존감은 중학교 3학년 말까지 저를 괴롭히더군요. 결국 그렇게 어영부영 흘러간 '잃어버린 2년'이 되었답니다. 변화하기 전까지는 서서히 나아지기만 할 뿐, 2학년 때 방황이 계속되었어요.

그래서 지금은 어떠냐고요? 제가 단단히 목표를 잡고 열심히 공부한지 한 달째에요. 왠지 집에 웃음꽃이 피어나더라고요. 이 얘기도 다음에 해볼게요.

앞서 잃어버린 2년 동안 사실 배운 점도 있었어요. 새파란 나이에 웃긴 얘기지만, 그 시절은 저 나름대로의 순탄한 인생 중 첫 하향곡선이었거든요. 사람은 실패를 통해서 배운다고, 서서히 제 진로와 목표들이 잡히고 현실감각에 대해 좀 더 직시하게 되었어요. 작년 말부터 생각을 실천으로 옮긴 것도 하나의 발전이었죠.

그렇게 다시 나름대로의 상향곡선을 그리는 중에, 타이밍 좋게 할아버지께서 꾸준히 보내주시는 편지가 많은 도움이 되고 있어요.

언젠가부터 '이번엔 어떤 주제를 얘기하실까' 하고 기대하게 되더라고요.

종종 편지 늦게 확인한 건 죄송해요. 스스로 공부 핑계를 대긴 했지만, 사실은 영화를 보다가 미룬 적도 몇 번 있답니다.

다시 성선설 얘기를 해볼게요(너무 빙빙 돌아왔나요?).

말씀드렸듯이, 3년간 많은 것을 경험하면서 생각의 폭이 좀 더 다양해졌어요. 지금 돌이켜보니 세모 실험에 대해 '혹시 아이들은 네모에 대해 본능적으로 위협을 느끼는 것이 아닐까? 그렇다면 세모를 위한 동정심이 아닌, 네모가 나에게도 똑같이 피해를 끼칠 수 있다는 막연한 두려움에서 비롯한 찌푸림이 아닐까?'라는 생각이 들어요.

이런 관점에서 본다면 위 실험도 성선설과는 거리가 멀겠군요.

맹자가 성선설을 주장할 때 이런 비슷한 말을 한 것

이 떠올라요.

“만일 아기가 우물 속으로 기어들어가려 한다면, 누군들 이를 말리지 아니하겠는가.”

이때, 만약 도끼를 든 누군가가 멀리서 아기를 가만히 두라고 한다면, 그래도 구할 수 있을까요? 극단적인 상황이긴 하지만, 보통사람이 자신의 이익을 최우선으로 생각하기 때문에 요즘은 어느 쪽으로도 기울이기가 쉽지 않네요.

간단히 답장하려다가 중학교 때 얘기가 다 나와버렸네요.

아무튼 제 생각의 바탕은 약 3년간 다양한 매체에서 접한 세계, 그리고 여러 친구관계로부터 받은 영향이 많았어요. 이 이야기도 다음 편지에서 꺼내볼게요. 편지는 조금씩 조금씩 전달하는 게 묘미니까요.

할아버지, 다음 주 편지도 기대할게요.

할아버지 편지-15

대상에 대한 가장 강렬한 기억

사랑하는 우리 손자에게

원재야, 답신 잘 받았다.

할아버지 마음 알아줘 고맙고, 사랑과 성의가 물씬 배인 내용이라 기쁘고 대견하구나.

편지를 보니 할아버지 할머니가 최근 들어서 널 볼 때마다 그토록 속으로 걱정했던, 그 초췌한 모습과 어두운 표정 뒤에 깔린 고뇌와 비감의 무게가 어느 정도였는지 짐작되는구나.

가엾은 우리 손자, 어쨌거나 그 아픔을 잘 견디고 스스로 사춘기 성장통을 극복함으로써 본래의 모습으로 돌아와줘 천만다행이다.

더군다나 내가 제시한 주제에 뚜렷한 자기주견과 조리 있는 설명으로 의견을 피력해줘 감탄했단다. 역시 우리 손자는 정신세계가 성숙하고 의젓함을 알 수 있어 흐뭇하다. 논리적으로 풀어나가는 필력도 상당하고.

어쨌거나 맹자와 순자의 학설이 서로 다른 논리의 토대에서 출발할지언정 궁극적으로는 인간의 '착한 삶'에서 만나고 있다는 결론해석이 가능하겠지?

원재야.

오늘은 이런 테마를 한번 생각해보자.

사람은 어느 특정한 인물이나 장소, 또는 어떤 사물을 생각할라치면, 그 대상으로 말미암은 한 가지 강렬한 기억이 맨 먼저 머리에 떠오르게 되는 줄 알고 있다.

이런 심리현상을 전문심리학에서는 어떻게 규명하는지 모르겠으나, 아무튼 이건 틀림없는 사실이다.

가령, 예를 들어 '찰리 채플린' 하면 콧수염 붙인 땅딸막한 몸매에 헐렁한 나팔바지 차림으로 오리처럼 뒤뚱뒤뚱 걷는 우스꽝스런 모습이 금방 떠오르고, '충무공 이순신' 하면 광화문 네거리에 우뚝 서서 칼자루 끝을 바닥에 늘어뜨리고는 지나가는 차들과 사람들을 내려다보는 장군의 우람하고 늠름한 동상이 얼른 떠오르잖아?

우습고 재미난 일화 하나 들려줄게.

오래 전 내가 한국문인협회 이사로 재직하던 어느 날, 이사회를 마치고 나와서 여럿이 점심회식을 할 때였어.

식탁의 내 맞은편에 앉은 남성이, 자기는 목욕하거나 세수할 때 비누를 사용하지 않는다는 거야. 건강과 위생에 관한 이런저런 담소가 오가는 도중에 나온 이색발언이었어.

그분이 그런 말을 하자, 바로 옆자리에 앉은 여성의 안색이 야릇하게 변하더군. 피차 점잖은 처지에 내색을 드러낼 수도 없고, 식욕이 싹 달아나지만 숟가락 놓고 일어나기도 곤란한가봐.

나는 애써 외면하고 고개 숙여 식사하는 척했지만, 웃음을 참고 표정관리를 하느라 무척 애를 먹었단다.

그러고 나서 거의 이십 년 가까이 흘렀고 교유관계도 여전히 지속돼오고 있지만, 그 두 분 중 어느 쪽을 만나거나 생각할 때면 어김없이 불쑥 떠오르는 게 바로 그날의 그네 모습이란다.

할아버지는 그분들의 체면을 감안해 그 일화를 지금까지 아무한테도 이야기 안했는데, 어쩌다 오늘 우리 손자한테 비로소 처음 털어놓는구나. 우리 전래동화 속의 '임금님 귀는 당나귀 귀'처럼 말이다. 우습지 않니?

그렇다면 원재는 할아버지를 생각할 때 나의 언제 어떤 모습이 불쑥 떠오를까? 궁금하니까 솔직히 얘기 좀 해주면 재미나겠구나.

그 대신에 내가 먼저 네 얘기를 하마.

원재야.

네가 태어나 지금까지 자라오는 동안에 바라본 너의 모습은 할아버지 마음속 사진첩에 고스란히 수록돼있지만, 가장 먼저 떠오르는 인상 깊은 게 어떤 건지 가르쳐주면 빙그레 웃지 않을 수 없을걸.

넌 어려서 가족끼리 또는 친지들과 함께 외식하러 나갈라치면 괜한 투정과 심술로 분위기를 망쳐놓기 일쑤였느니라. 집에서의 평소 모습과 영 딴판인 행동거지의 이유가 뭔지는 여러 가지로 유추해볼 수 있겠지만, 아무튼 그럴 때마다 너희 아빠 엄마는 대책을 몰라 쩔쩔매며 난감해했단다.

어느 겨울날, 너희가족과 할아버지 할머니가 함께 저녁식사를 하러 식당에 갔을 때였어.

너희엄마는 네가 또 소동을 피워 남의 눈총을 받을까봐 집에서 출발할 때부터 마음이 조마조마한 기색이었는데, 아니나 다를까, 음식이 식탁에 차려질 무렵에 네가 또 징징거리며 떼를 쓰기 시작하지 뭐냐. 이유는 집에 두고 온 털모자를 굳이 써야한다는 것. 기가 찰 노릇 아닌가.

세상에 더 없을 무골호인인 너희 아빠가 얼굴이 붉으락푸르락한 걸 보고, 내가 얼른 널 품에 안고는 밖에 나왔단다.

약간 찬바람이 부는 바깥에 서서, 요놈을 마냥 얼러서 달래는 게 능사냐, 아니면 이 기회에 조금 따끔하게 야단을 쳐서 충격을 안겨주는 게 효과적일까 하고 잠시 망설이는데, 네가 여전히 훌쩍훌쩍 울먹거리는 소리로 이러지 않겠어.

"저기……레미콘 가고 있어."

그 말을 듣는 순간, 나는 갑자기 가슴이 찡해 품속의 널 꼭 껴안으며, 이런 천진무구한 어린 영혼한테 용심을 부리려 한 자신의 옹졸함을 나무랐단다.

아무튼 머릿속에 강렬한 캐릭터로 각인된 그때의 네 모습은 내가 병들거나 늙어 죽을 때까지 변함이 없을 거야.

오늘은 편지가 좀 길어진 거 같은데, 시간을 아껴야 할 너한테 부담을 주지 않았으면 좋겠구나.

너도 답장 쓰는 데 너무 애쓰지 말고, 쓰고 싶으면 가능한한 간략히 적기 바란다. 쟁쟁이표 너희엄마가 알면 나한테 잔소리할지도 모르니까.

이만 그치마. 안녕.

| 손자의 답신 |

할아버지 편지를 읽으니, 제가 어릴 때 그런 적이 있었던가 하고 신기하다는 생각이 드네요. 왜 털모자에 그토록 집착했는지 이유를 모르겠고, 기억도 나지 않습니다.

아무튼 알려주셔서 감사합니다.

할아버지 편지-16

솔선수범 주변청소

사랑하는 원재에게

오늘은 네가 좀 뜻밖이라고 여김직한 이야기를 하고 싶구나.

지난 오랫동안 할아버지와 할머니가 너희네 집에 수를 셀 수도 없이 들락거렸다만, 그럴 적마다 항상 못마땅하게 여기지 않을 수 없었던 건 너와 네 동생이 각각 따로 쓰는 방들이 너무 어질러져 있다는 사실이었다.

침대의 잠자리는 물론이려니와, 그 많은 책들과 장난감들이 책장과 수납공간에 제대로 정돈돼있지 않고, 방바닥이나 책상 위에 온통 널려있더구나. 뿐만 아니라, 심지어 거실바닥에까지 그 모양이었으니 더 말해서 뭐해.

요즘 들어서는 물론 나중에 가사도우미가 깨끗이 치우기는 하지만, 아주머니를 고용하지 않았을 땐 그게 몽땅 너희엄마 일과 중의 큰 몫이었으니 얼마나 힘들었겠어. 너 그런 생각 한 번도 해본 적 없지?

참다못해 이따금 너희엄마한테 쓴소리를 할라치면, 대뜸 돌아오는 대꾸가 이렇더구나, 글쎄.

"아빠도 절 그렇게 키우셨잖아요."

그게 웃으면서 농담으로 하는 소리긴 해도, 지난날을 되돌아보면 사실이 그랬으니 마땅한 대답이 없더구나.

너희엄마랑 너희삼촌들이 어렸을 때, 할아버지는 가사노동에 포함됨직한 뒷바라지에 세상 어떤 부모보다 지극정성이었다고 자부한다. 애들 방 청소는 항상 내 담당, 교복 다리미질은 물론이고 어쩌다 저고리 단추가 떨어졌을 때도 엄마 젖혀놓고 아빠인 나한테 가져와서 내미는 걸 당연한 줄 알 정도였으니까.

한번은 이런 일이 있었단다.

너희엄마가 중학생일 때인데, 요즘도 이따금 그런 걸 하는지 모르겠다마는 학교에서 분변검사를 실시했나봐.

그러면 학생들 각자 집에서 채취한 분변을 가지고 가야 하는데, 왜 그렇게 됐는지 기억이 안 나지만 그날따라 내가 어쩌다 준비물을 못 챙겨주고 말았지 뭐냐.

등교한 학생들 모두 분변을 제출하는데, 유독 너희엄마만 빠지고 만 거지.

명색 반장이면서 왜 안 가져왔느냐는 담임선생님의 가벼운 꾸지람에, 너희엄마가 이렇게 대답했다는구나.

"아빠가 준비를 안 해주셨어요."

이 바람에 교실 안에 폭소가 터졌는데, 정작 본인인 너희엄마는 어리둥절해서 주위를 두리번두리번 돌아봤대. 자기가 왜 친구들의 웃음을 자아냈는지 이유를 몰랐거든.

나중에야 사정을 이해하게 된 너희엄마는 수업 마치고 집에 돌아와선 내 목을 끌어안더구나.

지금 생각해봐도 너희엄마 지적처럼 할아버지의 부성애는 조금 유난하고 지나쳤던 거 같다. 무조건 자식들이 편하고 힘들지 않도록 해주는 데만 치중하고, 그 정도가 특히 너희엄마한테는 더했던 거 같아.

나는 그에서 나름대로 행복감을 느꼈지만, 결코 올바르고 현명한 교육방식은 아니었음을 인정해야겠구나. 비록 철없는 아이일망정 자기가 해야 할 일과 하지 말아야 할 일, 정당한 것과 부당한 것을 구별할 수 있어야 하고, 그러려면 가정교육에 그 점을 적절히 반영했어야지.

그렇게 하지 않았던 부작용이 오늘날 너희들한테까지 이어지고 있지 않으냐.

원재야.

이젠 너도 자랄 만큼 자랐고 지각도 깼으니까, 가사도우미 손에만 맡기지 말고 네 방 정리정돈은 스스로 해결해야 되지 않겠어?

이미 그러고 있는데 할아버지가 때늦은 지적을 하는 건지도 모르겠다만, 그렇잖으면 오늘부터라도 시작하고, 아직 철없는 동생을 지도해서 걔도 따라하도록 솔선수범을 보여 봐.

그런 점에서는 지금 다섯 살짜리에 불과한 네 외사촌 재윤이가 너희들보다 더 낫다는 생각이 드는구나. 고놈은 제 엄마가 시켜서인지 어린이집에서 배운 건지는 몰라도, 가지고 놀던 장난감이나 책을 꼭 제자리에 갖다놓더라.

'세 살 버릇 여든까지 간다'는 속담도 있듯이, 지금의 그릇된 버릇이 은연중 자신도 모르게 고질처럼 후유증처럼 이어져, 나중에 어른이 돼서 본격적인 사회생활을 하게 될 때면 상당한 마이너스 요인이 될지도 몰라. 그래선 안 되겠지?

너와 네 동생이 그런 불이익을 당하거나 당하지 않거나는 지금 네가 제대로 깨닫고 결심하기에 달렸단다.

할아버지 당부대로 할 거지?

네가 곰곰 생각할 숙제를 던지며, 오늘은 이만 쓴다.

안녕.

| 손자의 답신 |

할아버지, 잘 알았습니다. 저 자신이 부끄럽고, 앞으로는 저뿐 아니라 동생도 자기방 청소는 스스로 하는 걸로 약속드릴게요.

그런데, 이 말씀 듣고 생각해보니까, 제가 주변청소에 게으른 건 할아버지께도 조금은 책임이 있는 거 같은데요. 그렇게 생각되지 않으세요? 죄송합니다. ㅎㅎㅎ

할아버지 편지-17

업어주기 약속

원재야.

오늘 문득 이런 생각이 드는구나.

'세상의 할아버지들 열 사람 평균 중에 손자 업어주는 사람이 과연 몇이나 될까?'

이걸 논하자면 우선 '손자 업어주기'의 의미부터 짚어봐야 할 것 같은데, 굳이 말하자면 사랑과 노력봉사로 요약되지 않을까 싶다.

옛날에는 어른들이 그 두 가지 이유로 아이를 안아주거나 주로 업어서 길렀단다. 심지어 어머니나 할머니가 아이를 등에 업고는 널따랗고 긴 띠로 묶고서 밭일을 나가기도 했으니까.

요즘은 유모차와 보행기 보급이 일반화되기도 해서 품에 안거나 업어야 할 기회가 거의 없지만, 그건 성의문제가 아니라 소가족화와 독립적 타성으로 삶의 방식이 발전적으로 변화한 사회구조상의 추세가 아니겠냐.

너는 어릴 때 이 할아버지 등에 업힌 경험이 희미하게나마 머리에 남아있을 거야. 그걸 잊지 않고 기억하는 것만으로도 할아버지가 너를 많이 업어줬다는 증거가 아닐까?

새삼스런 공치사를 늘어놓자는 게 아니라, 나는 귀여운 손자를 업어주는 게 마냥 즐거웠단다. 그래서 네가 제법 컸을 때까지도 집에서건 밖에서건 걸핏하면 등을 내밀다가 너희엄마한테 지청구를 듣곤 했지.

어느 해 여름, 할아버지 고향인 거제도에 바캉스를 갔을 때를 어렴풋이나마 기억해?

한 부둣가에서 완만한 경사로를 걸어 올라가다가 너한테 등을 내밀었지. 네가 발그레한 뺨에 땀이 나고 힘겨워 보이는 게 가여웠거든.

너희아버지랑 엄마는 날씨가 무더운데 그냥 손을 끌어주기나 하면 되지 왜 굳이 힘들게 그러느냐고 질색했지만, 난 널 업어주는 게 기쁘고 즐거웠단다.

"이다음에 넌 어른 되고 할아버진 늙고 병들어 기운이 없을 때, 네가 찾아와 할아버지를 한번 업어주면 좋겠구나. 그렇게 해줄래?"

"응."

"약속하는 거지?"

"그래."

당시는 그냥 일시적인 가벼운 농담이었지만, 어느덧 훌쩍 커서 어엿한 청소년이 된 너를 보니 그 말이 새삼스레 진한 감회를 불러일으키는구나.

너 정말 내가 늙고 병들어 운신이 어려울 때 찾아와서 '할아버지, 옛날 약속대로 업어드릴게요.' 해줄 거지?

튼튼한 네 등에 업힌 상상만 해도 애틋하고 가슴이 찡해지는구나. 이러고 보니 나도 이젠 늙을 대로 늙었나보다.

원재야.

얼마 전에 너희할머니가 외출했다 돌아와서 하는 이야기를 듣고, 할아버지는 충격을 받았단다.

할머니 친구 중 한 분이 오랜만에 모처럼 아들네 집을 방문했는데, 철부지 손자란 놈이 대뜸 묻더래.

"할머니, 어두워지는데 왜 아직 안 가?"

어쩌는지 보려고 '자고 갈 거다' 하니까 이러더라지 뭐냐.

"우리 집에 이불 더 없어."

이 말을 들은 그분은 전철을 타고 돌아오며 눈물을 흘렸다는구나.

너희할머니는 세상 말세라고 혀를 차며, 자식교육 잘못 시켰다고 그 아들과 며느리를 비난했지만, 나는 조금 다른 측면으로 생각했단다. 할머니로서 평소에 손자들한테 자상한 사랑을 베푸는 데 얼마나 인색했으면 그런 대접을 받았겠냐고.

뿌린 대로 거둔다는 비유법이 있다만, 아무튼 이건 가슴 저린 비극이다 싶구나.

그분들 경우에 비하면, 나나 너희할머니는 행복한 노인들이다. 네가 언젠가 엄마한테, 장위동 할아버지 할머니랑 같이 살고 싶다며 졸랐다지?

그건 아무래도 현실적으로 가당찮은 노릇이긴 하지만, 아무튼 우리 손자가 그런 기특한 생각을 해줬다는 것만으로도 마냥 고맙고 기쁘고 행복하단다.

지금쯤 공부하느라 여념이 없겠구나.

안녕, 잘 자거라.

할아버지 편지-18

신문을 꼭 읽어라

원재에게

공부하느라 몸도 마음도 몹시 피곤하지?

할아버지가 오늘은 네가 너희또래 청소년들 중에서 뛰어난 존재가 될 수 있는 특별하고 귀중한 비결 한 가지를 가르쳐주려고 하니, 명념해서 잘 들어봐.

교과 성적을 올리기 위해 머리 싸매고 공부 열심히 해야 하는 거야 학생으로서 당연하고도 피할 수 없는 과정이며 본분이 아니겠느냐.

그런 점에서는 누구한테나 공평한 기회균등이므로, 두뇌의 명석 정도와 노력의 질량에 따라서 우열의 판가름이 나도 어쩔 수 없겠지.

지금 너한테 가르쳐주겠다는 비결이 뭐냐 하면, 신문을 읽으라는 거다. 겨우 고등학교 1학년짜리에게 신문 읽는 게 무슨 의미가 있고 도움이 된다고 이러시나 하고 생각할지 모르겠으나, 사실은 그렇지 않다.

언젠가 명문대학 입시에 우수한 성적으로 합격한 학생 이야기가 신문에 보도된 적이 있었던 걸 기억하는데, 그 학생은 매일 신문을 읽었다고 했어. 내게는 그게 신선한 충격으로 받아들여지더구나.

그 많은 지면을 다 읽을 필요는 없고, 시간을 절약해야 하니까 그래서도 안 되겠지.

네가 꼭 봤으면 하는 기사는 사설社說이야. 신문 맨 뒤쪽의 바로 앞 페이지에 실려 있는데, 사회적인 중요 이슈에 관해 그 신문사가 자기네 주장을 공익성과 정당성을 실어 펼치는 논설이다.

그 사설을 읽으면 지금 시점에 우리 사회에서 중요한 이슈가 무엇이며, 사회의 소금이라고 일컫는 신문이 그 이슈를 어떻게 분석 판단하고 있는지 알 수가 있다.

비록 공부하는 학생일지라도 자기가 몸담고 있는 오늘의 사회가 어떻게 돌아가고 있는지를 대강이나마 알아야 하지 않겠어?

그렇게 하다 보면 머릿속에 다양한 지식이 축적돼 훨씬 성숙한 인격을 갖춘 사람으로 남의 인정을 받을 수 있을 거다.

너희들 사회에서 어떤 문제가 발생했을 때, 네가 '그에 대한 내 생각은 이래' 하고 점잖게 의견을 제시해봐. 다들 눈이 둥그레져 널 쳐다볼걸?

사설 읽기 기본에다, 욕심을 조금 부린다면 중요기사의 굵직한 제목만이라도 훑어본다면 금상첨화이겠구나. 그거 다해봐야 불과 십여 분밖에 안 걸릴 텐데, 앞날의 성공을 위해 그 정도 시간투자는 아깝지 않겠지?

앞으로 삼 년 후면 대학입시를 치르게 될 건데, 우물 안 개구리 같은 다른 입시생들과 비교할 수 없을 정도로 의식이 성숙한 너는 논술고사에서 틀림없이 가산점수를 받게 될 거라고 믿는다.

나는 직업상 여러 분야의 다양한 지식을 접하려는 노력이 체질화된 사람이거니와, 이런 내 머릿속에 축적돼있는 지식의 30퍼센트 이상이 신문에서 얻은 것이라고 보면 될 거야.

우리 손자, 할아버지의 이런 성심을 이해하고 따라줄 거지?

오늘은 이만 그치마.

할아버지 편지-19

공상의 날개를 펼쳐 날아라

우리원재에게

오늘도 공부 열심히 하느라 몹시 힘들지?

할아버지는 네가 학과공부에만 매달려 너무 시달린 나머지 혹시라도 정서적인 메마름을 겪지나 않을까, 너를 생각할 때마다 항상 노심초사란다.

학생으로서 너한테 주어진 여건과 상황이야 부득하게 그러할지언정, 비록 그렇더라도 정신세계의 한 부분에 공상의 날개를 달아줘 어느 방향으로든 멋대로 훨훨 날아가도록 해주려무나.

너는 영특하니까 할아버지가 어떤 의미로 하는 말인지 이해하겠지?

원재야.

어제는 너희외사촌 재윤이를 데리고 창경궁 옆에 있는 '국립어린이과학관'에 찾아갔단다.

실물처럼 신기하게 움직이는 거대한 모형공룡, 많은 동물 박제와 살아있는 작은 생물들, 여러 가지 테마의 과학기구를 직접 만져보기도 하고 작동시키기도 하면서 신바람에 어쩔 줄 모르는 재윤이를 보고, 할아버지는 당연히 네 생각을 하게 되더구나.

네가 지금의 재윤이처럼 대여섯 살일 때 거기 데려가서 구경시켜주며 가지가지 재미난 체험공부도 하도록 해주려고 여러번 시도했지만, 너희엄마의 쓸데없는 지나친 걱정과 반대 때문에 끝내 무산되고 말았단다.

넌 이제 그럴 나이가 이미 지났지만, 이제 초등학교에 갓 입학한 민재만은 기회가 있으면 너희엄마가 어쩌든지 말든지 우겨서라도 데려가 한 번 구경시켜주고 싶구나. 왜냐하면, 이 과학관에는 어린이들의 상상력과 탐구심을 자극해 호기심과 흥미를 부풀려줄 게 너무나 많거든.

아래층과 위층을 통하는 계단 벽면에는 이런 글귀가 적혀 있더라.

—우리는 사람들한테 그 어떤 것도 가르칠 수 없다. 다만, 그들이 자신의 내부에서 무언가를 찾도록 도와줄 수 있을 뿐

이다.

—지식보다 중요한 것은 상상력이다. 지식은 한계가 있지만, 상상력은 세상의 모든 것을 끌어안는다.

앞의 것은 지동설地動說을 부르짖다가 죄에 몰려 재판까지 받은 중세기 물리학자 갈릴레이의 말이고, 뒤의 것은 세계최고의 천재과학자로 꼽히는 아인슈타인의 말이다.

각각 인류역사의 새 지평을 연 위대한 선각과학자들이 한 이 말이 무슨 뜻인지 한번 헤아려보자꾸나.

갈릴레이는 사람이 누구나 태어나면서 천부적으로 부여받은 무한한 잠재력을 지니고 있으므로, 그걸 스스로 계발하도록 주위에서 적극 도와주기만 하면 된다고 생각했나봐.

이에 비해, 아인슈타인은 글을 읽거나 남의 가르침을 받아 터득하는 지식이나 지혜보다 스스로의 상상력을 더 중요하게 앞세웠구나. 대부분의 창조적 발명과 발전은 그 상상력의 소산이라는 거지.

둘 다 탁월한 의견이지만 의미상 개념의 차이가 있는데, 우리 손자 생각은 어느 쪽에 더 가깝다고 스스로 판단하는지 들어봤으면 좋겠네.

솔직히 말하면, 이 할아버지는 아인슈타인 쪽에 다가서고 싶구나. 크게 내세울 정도는 못되지만, 세상 모든 사물에 대한 폭넓은 상상과 끊임없는 탐구심 덕분에 이나마 '오늘의 나'가 존재할 수 있게 됐다고 생각하니까.

아인슈타인은 또 '중요한 것은 질문을 멈추지 않는 것'이라고도 했는데, 멈추지 않는 질문이란 게 무슨 뜻이겠어. 궁금한 것을 그냥 넘겨버리지 않고 해답을 얻고자 끝까지 물어보고 탐구하는 태도가 아니겠니?

원재야.

할아버지 권고대로 날개를 활짝 펴서 높고 넓은 공상의 세계를 힘차게 마음껏 날아봐.

그러는 게 실질적으로 말짱 무의미하고 어리석은 짓은 절대 아니다. 하다못해 공부 스트레스를 조금이나마 가볍게 해소하는 데도 어느 정도 효과가 있을 거야.

잠자리에 누워 공상의 날개를 펄럭이며 힘차게 멀리 날아오르는 네 모습을 흐뭇하게 상상하며, 오늘 편지는 이만 적으마.

좋은 꿈 꿔라.

할아버지 편지-20

사물의 이면을 탐구하라

원재야.

지난번 편지에서 할아버지가 상상의 날개로 비상飛上하라고 권고했는데, 그대로 해봤니?

모르긴 해도 아마 안 해봤을 거 같은데, 일단 시도해보는 게 좋을 거 같구나.

아무튼 오늘은 그 연장선상에서 이야기해볼까 한다.

상상이란 개념을 조금 더 구체적으로 분석하자면 공상과 탐구라고 할 수 있겠는데, 상상의 스펙트럼은 크게 펼치면 크게 펼칠수록 빛나고 유익하다는 걸 잊지 마라. 비록 황당할지언정 꿈을 크게 많이 가지는 게 중요해. 왜냐하면 그 꿈이야말로 창의성으로 이어지는 무지개다리거든. 이 말을 부디 명심하기 바란다.

우리나라에 주재하는 미국대사를 역임하고 얼마 전 떠나간

해리 B. 해리스 씨가 한 말이 생각나는구나.

미국군 인도태평양사령관을 지낸 해군대장 출신인 쟁쟁한 인물인데, 이분은 한국을 떠나기 직전의 기자회견에서, 자기는 소싯적에 공상과학소설science fiction에 심취해 즐겨 읽었다고 했어.

사람들은 누구보다도 격렬하고 극단적인 현실감각이 필요한 군사지휘관의 의식세계와, 비현실적인 공상과학의 세계가 어울리지 않는다고 머리를 갸웃거릴지 몰라.

하지만, 나는 그 반대로 생각하고 싶다. 무한대인 상상의 세계를 그처럼 훨훨 날아다녔기 때문에 의식의 스펙트럼이 그만큼 확장될 수 있었으며, 그것이 한 인물의 인격 형성에 결정적으로 기여했으리라고.

이 할아버지도 젊어서 출판사에 근무할 때 SF소설전집을 편집하며 세계적으로 유명한 작품을 자연히 많이 읽게 됐는데, 그게 내 문학창작활동에 의외로 상당한 도움이 됐다고 생각한단다.

원재야.

그와 아울러서 할아버지가 한 가지 더 조언해주고 싶은 게 있구나. 뭐냐 하면 '사물의 이면'을 들여다보는 의식훈련을 많이 하라는 거다.

사물의 이면이라니까 무슨 얘긴지 얼른 이해가 안 될 거 같아서 구체적으로 설명해주마.

세상의 모든 물체나 현상은 드러난 것만이 전부가 아니라 드러나지 않는 어떤 '모양새'나 '이유'도 지니고 있단다. 그게 온당하거나 부당하거나, 또는 존재근거의 전부이거나 일부분이거나 하는 문제는 이 논점의 포인트와 상관이 없어.

가령, 이런 가정假定의 상황을 한 번 생각해보자꾸나.

맹수를 잘 다루던 서커스 조련사가, 어느 날 그 맹수한테 공격을 받아 목숨을 잃는 불행사고가 일어난다. 오랫동안 길들여지고 조련사를 잘 따르던 맹수가 그토록 돌변한 원인을, 사람들은 타고난 야성본능에 갑자기 눈을 뜬 때문이라 간단히 단정해버린다.

'하지만, 그게 전부일까? 평소 조련사가 휘두르는 채찍질에 고분고분 온순하게 순종해왔지만, 작은 불만과 분노가 쌓이고 쌓여 순간적으로 폭발한 건 아닐까? 그렇잖으면 그날 제공받은 먹이가 양이 부족했거나, 맛이 신통찮았는지도 몰라.'

이처럼 '이면의 까닭'을 굳이 찾아보고 생각해보는 정신훈련이라고 이해하면, 할아버지 의도를 제대로 납득한 거야.

이런 의식훈련을 아무데에나 적용해서 거듭하다 보면, 너 또래 조무래기 친구들에 비해 사물을 바라보고 이해하는 데 훨씬 구체적이고 성숙한 안목을 가지게 될 거다. 그거 대단하지 않냐?

상상(꿈)=창의성.

이 등식을, 네가 어릴 때 시도 때도 없이 쓰겠다고 생떼를 쓰던 털모자처럼 머리에 떠올리며 정신생활에 항상 반영하거라. 그러면 꿈이 크고 많은 네 앞에는 밝고 희망적인 미래로 향하는 탄탄대로가 기다리고 있을 거라고 이 할아버지는 믿는다.

안녕.

| 손자의 답신 |

그동안 안녕하세요? 두 번째 편지네요.

할아버지의 표현을 빌리자면, 요즈음 진짜로 공부하는데 여념이 없는 생활을 하고 있어요.

잘하다가도 굴곡 있는 날은 속으로 '아, 쳇바퀴 같은 삶인 것 같아. 해야 할 게 너무 많잖아?' 하는 생각이 들어요.

할아버지, 그래도 이런 와중에 저 나름대로 취미가 하나 생겼는데요, 뭔지 아세요? 할아버지 편지냐고요? 에이, 아니죠. 저는 요즘 운동을 해요.

히히, 농담이고요, 사실은 할아버지의 정성 가득 담긴 편지가 일등이에요.

제가 운동을 한 지는 비교적 얼마 되지 않은 얘기인데, 한 번 들어 보실래요?

지금으로부터 한 달 전쯤, 제 친구랑 대화를 하고 있었던 터였어요.

참고로 그 친구의 비밀을 하나 말하자면, 저랑 키는 비슷한데 몸무게가 70kg이 넘는답니다. 만날 다이어트 한다고는 하는데, 살집 두툼한 건 볼 때마다 그대로

에요.

어쨌든 그 친구가 저한테 '미용 체중'이라는 표를 보여주었어요. 이 미용 체중이란 녀석은 최근 인터넷에서 유행하는 단어인데, 대충 '키와 성별에 따라서 옷을 멋지게 입을 수 있는 가장 이상적인 몸무게'라는 뜻 정도로 알아두시면 되겠네요.

어쨌든 한번 보니, 제 키인 169cm 남성의 미용 체중은 58kg이었어요. 저는 그때당시 48kg이었는데, 자그마치 10kg 정도나 차이가 나는 거죠.

그 친구는 와중에 우스갯소리로 이러더라고요.

"와! 내가 살을 빼야 하는 만큼만 원재 너가 찌면 되겠구나. 내 살 좀 가져가라."

어이가 없어서 웃다가, 이번에는 169cm인 여자의 미용 체중을 보았어요. 53kg인 거예요.

"어?"

아깐 별 감흥 없었는데, 그땐 괜히 찔리더군요. 남자라면 덩치가 좀 남자다워야지, 여자보다 펄럭여서는 체통 없어 보여 안 되잖아요? ㅎㅎㅎ

그래서 저는 마음을 단단히 먹었죠. 이번에는 키가 190cm 가까이 되는 열정남 친구한테 같이 운동을 하자고 했어요.

저희는 기본적으로 맨몸운동을 위주로 하고, 주말에는 직접 만나서 새벽 한강을 마포대교까지 뛰었어요. 맨몸운동은 또 은근 재미가 붙어서 매일매일 딱 두 가지, 턱걸이와 팔굽혀펴기만 죽어라 실천했어요. 밥도 무슨 머슴밥마냥 퍼먹는, 말하자면 '벌크업'을 위한 루틴이었죠.

그렇게 한 달을 한 지금, 체중이 얼마나 불었나 궁금하시죠? 그건 마지막 부분에서 알려드릴게요.

이렇게 운동을 하다 보니, 작은 변화지만 확실히 가슴통도 더 볼록해져 보이고 일상적으로 힘이 솟더라고요.

이렇게 고2까지만 해도 할아버지를 업기는 물론이고 번쩍 안아 올릴 수도 있을 것 같은데요? ㅎㅎㅎ

근데 그럴 일도 없을 것 같은 것이, 할아버지께서는 어린 시절의 저를 보고 순수한 어린이의 이미지로 각인하셨듯이, 저에게 할아버지는 체구는 작아도 꼿꼿하고 언제나 의지와 기운이 넘치는 이미지로 박혀 있거든요. 할아버지께서 골골하게 업히시는 모습은 상상이 안 된달까요.

그래도, 여든 살 아흔 살 넘게 오래오래 사셔서 어딘가 기대고 싶으실 때, 제가 버팀목 역할을 해드릴 수 있을 거라 장담해요.

할아버지께선 어린 시절의 저와 추억이 많으시지만, 사실 저는 구체적이고 생생한 기억들은 자라면서 많이 잊어버렸거든요. 이 아쉬운 점들을 돌이켜보며, 앞으로는 할아버지랑 더 많은 추억을 쌓고 싶다는 생각이 들었어요.

좀 있으면 제가 젊고 체력도 좋아져서, 스무 살 먹고 같이 추억 쌓으려면 할아버지도 운동깨나 하셔야겠어요. 여러 모로 많은 도움이 되니까, 할아버지도 꼭 간단한 동작부터 시작해보시면 좋겠어요. 오늘 편지는 이쯤에서 마무리할게요. 안녕히 주무세요.

(+)[손자의 일지 1]

오늘은 몸무게 50kg을 찍었다! 무려 2kg이나 증량했어요~~!

할아버지 편지-21

여행에서 얻어지는 것

우리 손자 안녕.

네가 보낸 편지를 읽으니까 나도 모르게 콧날이 찡해지는구나.

훗날 할아버지를 꼭 업어주겠다는 아름다운 약속이 산들바람처럼 가슴에 와 닿으면서 센티멘털해지니, 어쩌면 네 등에 업히는 꼴이 될 날도 멀지 않았나보다. 아무튼 고마워.

그리고, 친구들과 같이 운동을 시작했다니, 기특하고 마음이 한결 놓이는구나. 정말 잘했어. 부디 초심을 잃지 말고, 친구들 잘 다독이며 계속 이어나가기 바란다.

네가 할아버지 건강을 염려해 운동을 권유하지만, 그렇잖아도 일주일에 서너 번, 너도 어렴풋이 기억할 우리 동네 뒷산 근린공원에 올라가 수십 분가량 씩씩하게 걷는단다.

이번에는 오늘 지금 너한테 필요한 게 아니라, 네가 성인이 됐을 때 실행하면 바람직한 일 한 가지에 관해서 얘기하고 싶구나.

뭔고 하니, 여행을 가능한 한 많이 하라는 것이야.

여행이라니까 사업일 때문에 여객항공기 타고 뻔질나게 출국하는 너희아버지 경우나, '남이 장에 간다니까 따라 장에 간다'는 우리 속담처럼 덩달아 분수없이 너도나도 외국 유람을 떠나는 패키지투어 같은 걸 말하는 게 아니란다.

목적지가 외국이든 국내든 상관없이, 여행의 진정한 목적은 판에 박은 듯 일상화되거나 익숙한 생활에서 자신을 끌어내 정신적으로 발가벗겨 마음의 때를 씻기는 행위라고 하면 말이 될까 안 될까?

아무튼 여행을 하면 새로운 사물에 많이 접하게 되므로 시야가 넓어지고, 거기에서 기발한 아이디어를 얻기도 하며, 일상생활에 활력소가 될 정신적 에너지를 재충전하는, 일거양득뿐 아니라 삼사득 효과 만점의 기회인 게 사실이야.

할아버지는 성인이 되고 나선 여행에 대한 관심이 시들해지고 말았지만, 청소년 시절에는 방학이 가까워오면 괜히 어딘가로 떠나고 싶어 마음이 설레었어. 어린 주제에 시건방진 여행마니아라고나 할까.

나는 마산에서 중학교와 고등학교를 다녔는데, 여름방학 때는 친구 한둘과 함께 아니면 혼자서도 여행길에 오르곤 했어. 당시에는 지금의 너 또래 일부 학생들 사회에 '무전여행'이 무슨 유행 비슷한 풍조였거든.

무전여행이라니 뭔지 아리송하지? 글자 그대로 돈 없이 집을 떠나 무작정 여기저기 떠돌아다니는 걸 말해.

그야 물론 거지도 아닌 바에야 돈을 한 푼도 지니지 않았다면 말이 안 되겠지. 하지만, 우리나라가 산업화되기 이전의 세계 꼴찌 빈곤국가로서 모두 가난하고 물자가 귀한 시절이었기에, 학생이 부모한테서 타내든지 푼돈 용돈을 아끼든지 해서 수중에 지닐 수 있는 돈이래야 몇푼이 되겠어.

그래가지고서 도대체 무슨 여행을 어떻게 하냐고?

우선 차림새부터 가관이었단다.

당시는 군대에서 유출되거나 폐기처분된 온갖 물품이 다량으로 일반사회에 쏟아져 나와 공공연히 유통되는 시대였으므로, 철모 대신에 교모를 쓴, 반쯤은 군인 같은 꼬락서니를 상상하면 돼. 복장은 검정물로 염색한 군복이거나, 아니면 아예 군복 그대로를 걸친 데다, 신발은 주로 헐어빠진 군화, 배낭은 군배낭을 그대로 매고—배낭이란 게 당시는 그것밖에 없었으니까—허리에는 탄띠를 두른 데다 거기에 수통은 기본이고 컵처

럼 생긴 반합과, 심지어 시건방진 멋내기로 군용대검까지 덜렁덜렁 매달기도 했으니 웃기지 않냐? ㅎㅎㅎ

도보여행을 기본으로 했지만, 중간에 먼 거리를 이동해야 할 경우 기차를 주로 타고, 어쩌다간 버스나 여객선을 이용하기도 했는데, 승무원한테 사정해서 온정을 구하거나, 단속의 눈을 요령껏 이리저리 따돌려 억지 공짜손님 행세를 했지.

그러다가 덜미를 잡혀도 크게 혼나지 않고 가벼운 훈계 정도로 모면하는 게 보통이었어. 어느 특정 학교를 상징하는 엠블럼을 무슨 계급장처럼 정면 중앙에 붙인 교모를 굳이 쓴 건 —요즘은 교모 자체가 없어졌지만—그럴 경우에 상대방의 이해심과 동정심을 자극하기 위한 방편이었는데, 그게 곧잘 통했거든.

아무튼 당시는 그런 인정과 인간미가 통하는, 지금보다 훨씬 너그럽고 따뜻한 온정의 사회였다고 회고되는구나.

가장 중요한 끼니문제는 어떻게 해결했냐고?

돈이 없다 보니 굶기를 밥 먹듯이 하는 건 당연지사고, 경찰지서나 면사무소 같은 공공기관에 쭈뼛쭈뼛 찾아들어가 꿀밤을 맞아가며 가벼운 일용직 노동 같은 걸 알선 받아 푼돈벌이로 당장의 어려움을 일시 모면하며, 시골길을 걸어가다가 논이나 들에서 일하는 사람들 점심식사에 염치없이 끼어들어 배를 채우기도 했단다.

겨울방학 때는 계절적인 제약 때문에 무전여행은 하기 어려웠지만, 그 대신에 나는 서울 사는 누나네 집에 적어도 매년 한 번씩은 다녀갔어. 촌수로 따지면 너한테 외고모할머니뻘 되시는 분인데, 지금 너와 네 동생만큼이나 나이차이가 커서 날 무척이나 애지중지해줬거든.

아무튼 내가 서울구경을 처음 한 게 중학교 2학년일 때였어.

누나가 편지로 일러준 대로, 경상도와 전라도를 잇는 경전선 열차를 타고 혼자 마산을 출발해 삼랑진역에서 경부선 야행열차를 갈아탔단다.

새벽에 서울역에 내려서는 지게꾼—당시에는 수고비 몇푼 받고 기차손님의 짐을 지게로 져다주는 인부들이 상당수 있었단다—한테 주소 적힌 쪽지를 건네며 길안내를 부탁했어. 그래가지고 남산 중턱 회현동의 누나네 집에 찾아간 기억이 꿈결처럼 아련하구나.

그걸 시작으로 해서 겨울방학 때마다 서울여행을 하곤 했어.

옛날 열차는 석탄을 때서 발생하는 뜨거운 증기를 동력으로 이용해 움직였기 때문에 기차汽車라고 했는데, 나는 차비를 아끼느라 무전여행 때와 비슷한 요령을 부렸단다.

도중에 승무원이 차표를 검사하면, 다른 무임승객들과 함께 마지막 칸까지 떠밀려가선 적당히 주머니를 털어주고, 열차가 한강대교를 건널 즈음 안양이나 시흥쯤에서 탄 걸로 된 티켓을 받아 서울역 개찰구를 유유히 빠져나오는 거야.

그 돈도 아까워서 한번은 검표하는 승무원을 따돌리고 숨기도 했어.

열차래야 기관차 한 대와 객차 차량 여러 대가 연결돼 구조가 단순하고 뻔한데, 두 역 사이 거리가 가장 먼 구간의 운행 도중에 객차 첫 칸부터 마지막 칸까지 차례대로 훑어나가는 검표를 감쪽같이 따돌릴 장소가 어디 있겠어.

화장실? 검표승무원이 거길 그냥 지나칠 거 같아? 천만에.

당시 각 객차의 앞뒤 네 개 승강구 계단 위에는 반 고정형 철판이 장착돼있었는데, 사람이 타고 내릴 땐 안쪽 벽에 접어 올렸다가 운행할 땐 수평으로 내려서 사람이 딛고 설 수 있는 구조였단다.

'이번 구간에서 차표검사가 있겠구나.'

나는 경험에 입각한 이런 판단이 서자, 열차가 직전 역의 플랫폼을 출발하기에 앞서 얼른 철판을 내리고 비좁은 밑에 들어가 웅크리고 엎드렸어. 그래서 마침내 열차가 다음 역 플랫

폼에 도착하자마자 얼어서 뻣뻣한 몸으로 굴러 떨어지듯 재빨리 빠져나왔단다. 아, 그때의 지독한 추위와 두려움이란!

만일 누나가 당시 그 사실을 알았다면 기절초풍해 비명을 지르며, 다시는 서울에 얼씬도 못하게 혼벼락을 안기지 않았겠냐? ㅎㅎㅎ

난 어릴 때 주위 어른들한테 '간이 제 키보다 큰 놈'이란 지적을 듣곤 했다만, 지금 생각해도 아찔한 그런 모험을 당시는 겁도 없이 저질렀단다.

그렇다면 일부러 고생을 사서 하는 그런 여행을 통해 내가 얻은 것은 대체 무엇이었을까?

'난 지금 어디에 있고, 어디로 가고 있는 거지?'

이런 서글픈 자문自問에 끊임없이 압박당하다 보면, 자신이 무슨 철학자처럼 느껴지는 묘한 기분이 들더구나.

부슬비가 내리는 고갯길을 걸으며, 아니면 어느 항구 부둣가의 싸늘한 돌핀에 앉아서 수평선 너머로 사라지는 태양과 붉은 노을을 멍하니 바라보며, 오늘은 어디서 어떻게 침식을 해결하나하는 가슴 쓰라린 막막함과 눈물 글썽해지는 고독감의 한편으론 억지스런 희망과 용기가 생기기도 했어.

'그래, 뭔가 방법이 생기겠지, 이건 내 인생에 하나의 과정

일 뿐이야.'

그러다가 마침내 집과 학교에 돌아오면 자신이 여행 떠날 때의 나보다 한결 성숙해졌다는 느낌이 들고, '오늘'이란 의미가 새삼스러워져 가족을 더 사랑하게 되며, 공부에도 훨씬 집중하게 되더구나.

원재야.

너는 그런 고생 경험을 실제 해볼 수도 없고 해서도 안 되겠지만, 오늘 밤 잠자리에서 할아버지 모습에 너 자신을 오버랩해서 상상의 무전여행을 한번 떠나봐. 그래서 더 극적이고 재미있는 여행의 주인공이 돼보렴.

그러다 보면 머리를 짓누르던 공부 스트레스가 어느덧 해소돼 편안하고 달콤한 단잠을 잘 수 있을 테니.

안녕.

| 손자의 답신 |

할아버지, 메일 읽고 깜짝 놀랐어요. 승강구 발판 밑에 엎드려 숨다니, 아무리 여행마니아라도 어찌 그런 위험한 모험을 하셨어요? 저 같으면 꿈도 못 꿀 일이네요.

암튼 할아버지의 또 다른 모습을 알게 된 거 같아 재미있고 신기합니다.

할아버지 편지-22

결단의 중요성

원재에게

지난번에 보낸 편지 취지의 연장선으로, 네가 이다음에 어른이 돼서 어느 땐가는 필연적으로 맞닥뜨리게 될 위기와 결단의 순간에 관한 충고를 해주고 싶구나.

사람이 살아가는 동안 아무런 어려움 없이 늘 순탄하고 건강한 데다 생활경제까지 풍족하다면 얼마나 좋겠느냐.

하지만, 과연 그게 행복한 인생이라고 할 수 있을까? 곰곰이 생각해봐.

결론부터 말하면, 할아버지는 '그렇지 않다'고 단언하고 싶구나.

독일의 유명한 철학자 프리드리히 니체도 이렇게 말했단다.

—멀리 항해하는 배가 바람과 파도를 안 만나고 조용히만 갈 수는 없다. 풍파는 언제나 전진하는 사람의 벗이다. 차라리

고난 속에 인생의 기쁨이 있다. 풍파 없는 항해, 얼마나 단조롭겠는가!

이 명언이 지적하지 않더라도 사람은 평생 동안 가지가지 숱한 고난과 고비를 경험하게 되고, 후회와 좌절과 절망에 한숨을 내쉬기도 하겠지.

그럼에도 불구하고 니체는 왜 고난의 풍파를 구태여 '벗'이라고 했을까?

피할 수 없을 바에는 차라리 그걸 그대로 인정하고 받아들이며 극복해내는 가운데 성공과 성취의 기쁨을 느끼라는 반어법적 표현이 아니겠느냐.

중요한 관건은 '예견되는 고난'에 도전해서 극복하려고 하기 앞선 단계의 의사결정일 것이다.

만일 머잖아 태풍을 만날 게 확실하다면 어떤 대비책을 모색해볼 수 있을까? 거리를 감안해봐서 출항한 항구로 되돌아가거나, 태풍 진로를 훨씬 벗어난 우회항로를 택하는 차선책이 안전하고 현명한 방법이 아닐까?

언젠가 텔레비전에서 본 외국 해양영화 한 편이 생각나는구나.

초강력 태풍의 위험과 만선滿船의 횡재 사이에서 갈등을 느낀 어선 선장이 어영부영하다가 결국에는 후자를 택한 바람에, 고기를 잔뜩 잡고도 끝내 불행한 조난을 당하고 마는 내용이었어.

"죽을 게 뻔한 걸, 욕심으로 그런 만용을 부리는 바보가 세상에 어디 있어."

제삼자로서 이렇게 매도해버리기 십상이지만, 당사자 입장으로 막상 그런 상황에 놓이게 되면 결코 간단하지 않은 게 사람의 심리란다.

그처럼 양자택일의 기로에 직면하는 경우, 어느 쪽을 택하느냐에 따라 이후의 전개과정과 결과가 백팔십도 달라지는 건 당연하겠지.

그렇다면 그 중요한 고비에 옳은 결단을 내릴 수 있는 무슨 비결 같은 게 있을까 없을까?

천만의 말씀! 그런 건 결코 존재하지 않아. 어느 쪽을 택하든 그에 따른 필연적 과정과 결과를 고스란히 받아들이는 수밖에 도리가 없단다.

우리가 살아가면서 직면하게 되는 중요한 결단과 선택의 좋고 나쁨, 또는 성공과 실패는 애초부터 본질적으로 정해지는 게 아니라, 과정과 결과에서 증명되는 것임을 명심하거라.

선택이 옳았어도 이후에 잘못해서 그릇될 수도 있고, 선택이 나빴을지언정 노력에 따라 결과가 호전될 수도 있으니까.

할아버지가 자신의 인생 방향이 결정되는 중요한 시점에 결단의 기로에 섰던 경험 한두 가지를 회고해주면 너한테 참고가 될지도 모르겠구나.

첫 번째는 고등학교 2학년 여름방학 때 무전여행을 가서였어.

내일의 안녕이 보장되지 않는 막막하고 불안한 떠돌이 여행에 어지간히 지친 내가 찾아간 곳은 전라북도 정읍의 내장산에 있는 내장사였어.

내장산은 예로부터 가을단풍으로 유명하거니와, 한여름의 울울창창한 진녹색 밀림은 그 자체로 압도적인 장관이더구나.

오후 늦게 내장사에 찾아들어가 저녁밥을 얻어먹어 주린 배를 달랜 나는 절간을 둘러싸고 있는 밀림을 둘러보며 엉뚱한 궁리를 했어.

'속세를 떠나 이런 자연환경 속에 파묻혀 심신을 단련하고 정화하는 승려생활도 그리 나쁘지 않을 거 같구나. 차라리 이 기회에 머리를 아주 깎아버리면 어떨까? 중이 되더라도 문학 못하란 법이 어디 있어.'

요사채 부엌방에 잠자리를 얻어 하룻밤 자면서 생각에 생각을 거듭하다가, 이튿날 조반까지 얻어먹은 뒤 나이 지긋한 스님을 붙들고 도와달라며 사정했단다.

스님은 딱 잘라 거절하는 것도 아니고 실실 비웃으며 나를 '한심한 애놈' 취급을 했는데, 나는 상대방의 애매모호한 태도보다도 그 꼬락서니에 더 정나미가 떨어지고 말았어. 반팔 러닝셔츠 차림에다 손목시계를 차고, 한손을 바지춤에 찌른 채 또 한손으로는 이쑤시개로 이빨 새를 후비며 쩝쩝거리지 뭐야.

그 모습은 내가 종전까지 막연하게나마 그려온 중의 고상하고 의젓한 이미지와는 너무나 다르고 속물스러워, 이 인간이 저런 정도면 이 절의 분위기가 어떤 수준인지 짐작할 수 있을 거 같더구나.

그래서 '잘 알았습니다' 하고는, 그 길로 배낭 챙겨가지곤 뒤도 안 돌아보고 내려와버렸단다.

만일 당시 내가 하산하지 않고 그 절에 계속 머물렀더라면, 이후의 내 인생은 과연 어떻게 됐을까?

성공과 실패의 여부와 무관하게 상상으로 여러 가지 그림을 전개해볼 수 있겠지만, 거의 틀림없는 한 가지 확신은 얘기할 수 있을 듯싶구나. 원재 네가 세상에 태어날 가능성은 99퍼센트 희박했으리란 사실. ㅎㅎㅎ

또 한 번은 내가 해병대 사병으로 군복무를 하던, 제대가 얼마 남지 않았을 무렵의 일이란다.

당시는 지금 같은 철책차단선 없이 동해안 전체에 걸쳐 북한 간첩 침투에 대비한 육군과 해병대의 방어작전이 지속적으로 펼쳐질 때였어. 포항의 해병 제1상륙사단 제5연대 2대대인 우리보병부대도 타부대와 임무교대로 작전을 나갔는데, 엄격한 사전교육과 단속에도 불구하고 내가 속한 수송반의 대원들 몇이 술을 먹고 민간인과 시비가 붙어 말썽을 빚었지 뭐야.

김표준이란 이름값 하느라고 성미가 되게 깐깐한 대대장(중령)은 수송반 대원 십육칠 명 전원을 엎드려뻗쳐 시키더니, 최고참 선임병장인 나더러 줄빳다를 치라고 명령하더구나.

나는 당시 베트남전쟁 파병참전에 따른 병력수급 불균형 탓으로 한동안 공석空席 상태인 수송반장(중사)을 대행하고 있었거든.

졸병 때 시도 때도 없이 거의 일상화된 기합에 하도 넌덜머리가 났던 나는 자신에게 다짐한 맹세가 있었어. 고참병이 돼도 하급자들한테 체벌을 절대 가하지 않고 군복무를 마친다는 것. 그래서 곧 해병대 신기록을 세운다는 자긍심이 부풀어있는데, 빳다를 치라니.

나는 초지일관의 명령 불복종으로 영창행을 감수하느냐, 아니면 스스로 의지를 꺾고 현실과 타협하는 비굴성을 보이느냐 하는 절체절명의 기로에 서고 말았단다. 아, 그 짧은 순간의 엄청나고 격렬한 정신고통이란!

다행히도 평소 일처리 잘한다고 나를 신임해 '손 중사'라고 농으로 부르던 대대선임하사관(상사)의 엉너리 덕택에 적당히 모면해 궁지를 벗어났지만, 아무튼 그때의 아찔한 경험은 이후 살아오며 인생의 어떤 굴곡과 모퉁이에서 결단의 기회에 직면할 때마다 어김없이 떠올리게 되는 의미심장한 기억이 됐구나.

원재야.

앞에서도 언급했지만, 인생에서의 결단은 정답이 없느니라. 오직 그 결단을 성공의 길로 이끄는 실행 의지와 노력이 중요한 값을 할 뿐이다.

할아버지가 일러주는 말, 잠자리에 들어서 곰곰이 되새김질해보기 바란다.

잘 자거라.

| 손자의 답신 |

할아버지, 절에 계시지 않고 내려오시길 정말 정말 잘하셨어요. 감사합니다. ㅎㅎㅎ

할아버지 편지-23

유전적 창의성

원재야

할아버지는 가끔 이런 생각을 문득문득 해본단다.

'사랑하는 우리 손자의 장래 희망이 뭘까?'

그래, 아주 작정하고 물어보자. 넌 이다음에 뭐가 되고 싶으니?

지난번 언젠가의 편지에서도 잠깐 비슷한 질문을 비친 적이 있는 거 같다만, 나는 네가 어떤 꿈을 가지고 있는지 정말 궁금하구나.

지금 네가 사용하는 인터넷 아이디를 음미해보고는 골프선수가 되고 싶은가보다 싶어 혼자 미소를 짓기도 해봤는데, 물론 그것도 좋겠지. 하지만, 나는 네가 기계공학 분야로 진로를 택하는 게 어떨까 싶구나.

누구든지 대개 타고난 자기 소질에 따라 희망의 방향을 모색하기 마련인데, 내가 보기에 넌 기계공학 쪽의 소질이 있을 거 같아.

왜 이런 생각을 하느냐 하면, 네가 아주 어릴 때 장난감블록을 가지고 조립하는 걸 보고 감탄했기 때문이란다.

너희아버지가 외국에 출장 갔다가 오며 새로 사다줬을 거 같은 그 블록은 매우 가짓수가 많고 정교해 완성품으로 끼워 맞추기가 여간 어렵지 않을 듯싶은 고난도 장난감이어서, 어른인 나도 도무지 엄두가 나지 않을 정도였거든.

그럼에도 불구하고 넌 그걸 하나씩하나씩 꼼꼼히 잘도 맞추더구나.

그런 두뇌감각과 손재간이 너의 타고난 자질이라면, 그건 아마도 유전적인 DNA 때문일 것이다.

왜 이런 생각을 하느냐 하면, 이 할아버지의 손재간이 누구나 인정하는 만능이거든. 복잡한 고난도 전자제품 같은 건 제외하고, 어떤 물건이든지 고장 나거나 헐어빠진 고물이라도 이 손을 거치면 대개 제 기능을 발휘하니까. 지금까지 내가 수리할 작정으로 손댄 물건치고 실패한 기억이 거의 없구나.

너의 유년기 꿈을 상당부분 간직했을 법한 우리집만 해도 건축된 지 사십 년이 훨씬 지난 구옥인데, 안팎 모양새가 지금까지 멀쩡한 것도 내 손재간 덕분이란다. 집이 주인을 잘 만났다고나 할까.

너희할머니나 삼촌들이 지은 할아버지 별명이 '맥가이버'란다.

너는 맥가이버가 뭔지 잘 모를 거다. 네가 태어나기도 훨씬 이전 텔레비전에 방영된, 비밀 첩보요원이 세계 각지를 누비며 모험으로 활약하는 내용을 그린 폭발적 인기 액션드라마 시리즈의 제목인 동시에 손재주가 뛰어난 주인공 이름이기도 해.

내 이런 감각적 자질 역시 유전된 DNA 덕분이라고 생각되는데, 왜 그러냐 하면 너한테는 증조외할아버지인 우리아버님 역시 아이디어와 손재간이 비상한 분이셨거든.

겨울철에 손수 깎은 대나무 뜨개바늘로 털스웨터를 짜서 우리형제자매들 입히신 건 지금 생각해도 감탄스러워 고개가 갸웃거려지지만, 그보다 더한 대표적 케이스는 따로 있단다.

재미난 일화 한 가지 얘기해줄게.

내가 민재만한 나이일 때인데, 어른께서는 큰 정치망定置網의 어엿한 어장주 신분이면서도 심심풀이 취미로 문어를 곧잘 잡으셨어. 작은 전마선을 타고 고향마을 앞 얕은 바다에 나가서 노를 젓기 대신에 긴 막대기를 이용해 천천히 위치를 옮기며, 대나무간짓대 끝에 장착된 쇠갈고리로 문어집 속에 숨은 문어를 잽싸게 낚아 올리셨지.

헌데, 그럴 때 사용하시는 보조도구가 기막힌 걸작이었어.

피라미드의 윗부분 절반을 잘라 내버린 듯한 모양인 널빤지 사각 틀을 손수 짜서 밑면에 투명 유리판을 붙이고, 사면 모서리는 전부 콜타르—석탄을 가열할 때 생기는 검고 끈적끈적한 액체—로 방수처리해서 물이 배어들지 않도록 한 거야. 그 도구를 물위에 띄우고 몸을 구부려 그걸 통해 내려다봤으니 바닥이 얼마나 일목요연하게 환히 보였겠어. 그러니까 문어를 많이 잡으시는 건 당연지사지 뭐야.

그처럼 창의적 손재간이 뛰어난 분이셨으니 그 자질이 나한테 유전되고, 그 DNA가 너희엄마를 거쳐 너한테 전달됐을 개연성이 다분하다고 봐도 이상할 거 없잖아?

더군다나 너희아버지 역시 언젠가 수출의 날인지 과학의 날인지 행사 때에 정부로부터 무슨 발명상을 받았다고 하니, 그 자질을 이어받은 네가 기계공학 쪽으로 진로를 잡는 게 자연스러우리라고 기대가 되는구나.

하지만, 이건 어디까지나 할아버지 혼자생각이므로, 넌 부담이나 구속감을 가질 필요가 없다. 그저 참고만 삼으라는 얘기야. 어느 방향으로 진로를 택하든 장차 너는 크게 성공하는 사람이 될 게 틀림없으니까. 알았지?

편히 잘 자거라.

| 손자의 답신 |

할아버지, 재미있게 잘 읽었어요. 많은 참고가 되겠습니다. 저도 여러 가지 생각을 하고 있지만, 장래 희망이 뭔지는 이다음 기회에 말씀드릴게요.

할아버지 편지-24

집을 리모델링하면서

원재에게

오늘은 네가 즐거워하고 기뻐할 소식을 전해야겠구나.

어쩌면 너희엄마한테 들었는지도 모르겠다만, 지금 우리 집은 리모델링이 한창이란다.

이층에 세를 들어 살던 사람들이 이사를 가게 됨을 기화로 깨끗이 수리하느라 할아버지가 매우 고단하고 바쁜데, 가장 관건은 아래층 거실마루에서 곧장 올라가게 되어있는 계단 통로를 터서 단일생활공간으로 복원한 거다.

이제는 이층에 올라갈 일이 있어도 마당을 지나서 올라가게 돼있는 바깥계단을 구태여 이용할 필요가 없어진 거지.

이층 거실마루는 아래층 거실마루보다 더 넓을 뿐 아니라 방도 세 개나 되므로, 너희네 식구가 언제든지 와서 게스트하우스처럼 편하게 사용해도 되겠구나.

너희할머니는 베란다에다 예쁜 키친테이블을 들여놔 거기

서 차를 마시며 이따금 친구들 불러 파티도 한다는 즐거운 희망에 부풀어있는데, 마침 커다란 모과나무가 그늘을 만들어줘 운치가 제법일 거 같기도 하다.

지금까지 너희형제는 높다란 모과나무를 쳐다보며 열매가 익어가는 걸 신기해했지만, 이제는 바로 눈높이에 매달려 있는 열매를 가까이서 보고 만져볼 수도 있게 됐으니 재미있지 않겠어?

우리 작은 정원에다 유실수를 몇 그루 심어 가꾸다 보니 나무마다 개성이 제각각임을 알겠다.

산수유나무와 자두나무가 제일 먼저 꽃을 활짝 피워 봄소식을 전하더니, 그 꽃이 지면서 팥알 만한 앙증맞은 열매를 맺음과 동시에 순들이 틔어 파란 잎사귀가 무성하게 돋아나는구나.

이에 비하면, 모과나무는 잎을 먼저 일제히 틔운 다음에 작고 예쁜 분홍색 꽃봉오리와 열매가 동시에 열리기 시작한단다.

동무들이 이처럼 봄의 재촉에 따르느라 분주한 반면, 감나무와 머루나무는 이제야 겨우 이파리를 틔우기 시작하고, 가장 게으름뱅이 대추나무는 아직도 겨울잠에서 깨어나지 않아 앙상한 나뭇가지 그대로구나.

옥상에 올라가보니 블루베리나무가 어느 틈엔가 피었던 꽃이 지면서 열매 맺을 준비를 하고 있더라.

우리 정원에는 벌써부터 비둘기와 참새들, 또 이름 모를 산새 두어 종류가 시도 때도 없이 방문해 모이를 찾아 기웃거리고, 머지않아 온갖 꽃들이 피어나면 나비와 벌들이 모여들 거다.

원재야.

올해 여름방학에 며칠간이라도 좋으니까 아버지 어머니와 동생 데리고 와서 즐겁게 뛰놀아라. 이층 거실마루에다 커다란 방장을 쳐줄 테니까, 밤에 앵앵거리는 모기들을 약올리며 잠을 자보는 것도 재미있지 않겠어?

참, 우리정원 수풀이 무성한 담벼락 구석 쪽 어딘가에 난데없는 족제비란 놈이 언젠가부터 상주하고 있단다. 이 녀석은 밤에 이따금 도둑고양이랑 영역싸움을 벌여 집주인의 잠을 방해하기도 하는데, 가끔씩은 낮에 쥐를 잡아서 입에 물고 유유히 지나가기도 해.

그러니까 너 재수가 좋으면 요 신기한 녀석을 요행히 목격할 수 있을지도 모르잖아?

아무튼 오늘 밤에는 즐거운 상상으로 머리를 식히며 편히 잘 자거라.

할아버지 편지-25

산업혁명에 관하여

원재에게

계속되는 공부, 공부, 공부에 지쳐서 몹시 피곤하지?

안타까운 노릇이지만 어쩌겠느냐. 아무쪼록 진득하니 인내하고 자신을 다독이며 잘 극복해나가기 바란다.

오늘 할아버지가 특별히 해주고 싶은 얘기의 요점은 지금 네가 서있는 자리와 조건의 '현실상황'에 대한 인식에 깊이와 무게를 더해달란 거다.

무슨 얘기냐 하면, 우리가 살고 있는 '오늘'은 인류사적 객관의 시점으로 바라볼 때 엄청난 변환기라는 사실을 제대로 알아야 한다는 거야.

학자들은 산업사적으로 지금까지 세계인류문명의 역사에서 획기적 변화 발전을 초래한 전기轉機가 세 번 있었다고 하더구나.

관점에 따라서는 청동기시대 철기시대 같은 까마득한 옛날까지 소급해서 다룰 수도 있겠으나, 오늘날 공인公認되고 통용되는 산업혁명 이론은 중세기 이후의 변화 발전에 국한돼있다고 이해하면 돼.

'산업혁명Industrial Revolution'은 영국의 역사학자이며 문명비평가인 아널드 J. 토인비가 처음 쓴 말이라는데, 역사학자가 만든 용어가 엉뚱하게 경제학 분야의 학술용어가 됐으니 아이러니컬하잖아?

제1차 산업혁명은 18세기인 1775년 영국에서 제임스 와트라는 기계수리공이 증기기관을 발명함으로써 시작됐어. 이후 공업생산이 점차적으로 기계화된 덕분에 대량생산이 가능해졌고, 이어서 1814년 같은 영국의 조지 스티븐슨이란 공학자가 실용적인 증기기관차를 발명함에 따라 레일철도를 이용하는 수송수단의 혁신으로 비약적인 경제발전이 이루어진 걸 말하는 거야.

그 결과로써 '부르주아'라고 하는 신흥 부유계층이 사회의 주류로 등장했으며, '자유주의 경제'라는 새로운 학술개념이 생겨났단다.

제2차 산업혁명은 19세기후반부터 20세기 초에 걸쳐 미국에서 일어났어. 토머스 에디슨이란 천재발명가 덕택에 전기에너지를 이용한 공학시스템이 사회 전반에 걸쳐 널리 도입되고, 그것을 기반으로 해서 공업 분야에 획기적인 발전이 가능해진 거지.

특히 20세기에 들어와서는 화학·원유·철강 등의 공업에 혁신이 일어났고, 이전엔 사용할 줄 몰랐던 여러 가지 천연자원과 합성원료와 에너지원이 개발됐으며, 조립라인이 자동화된 공정으로 엄청난 대량생산이 가능해져 인류의 생활문화가 전반적으로 훨씬 풍족해졌단다.

20세기 후반에 시작된 제3차 산업혁명은 컴퓨터와 인터넷을 중심으로 한 지식정보의 혁신이야. 종전까지는 눈에 보이는 모든 물질적인 것이 재화財貨의 기본이었지만, 이젠 눈에 안 보이는 지식과 정보가 재화의 새로운 요체로 어엿한 대우를 받게 됐으니 재미있잖아?

아무튼 이 급격한 변화로 인류의 삶은 완전히 새로운 패턴으로 바뀌어, 이젠 컴퓨터와 핸드폰 없이 살아간다는 건 상상할 수도 없으며, 정보화니 정보산업시대니 하는 개념이 조금도 이상하지 않게 통용되는 세상에 지금 우리는 살고 있구나.

21세기 초반에 들어 싹이 막 트기 시작한 제4차 산업혁명은 컴퓨터가 수행하는 인공지능AI과 사물인터넷IoT·로봇기술·생명과학 등이 두각을 나타내는 새로운 시대의 산업혁명이야.

현대사회의 문화 수준이 급격히 높아지고 정보와 지식을 자본으로 한 기업형태가 대거 등장함에 따라, 이것을 3차 산업과 구별한 거지. 세계에서 가장 큰 경제대국인 미국에서는 이미 국민총생산의 3분의 1이 이런 지식산업에서 창출된다니 놀랍잖아?

3차 산업시대에는 컴퓨터나 인터넷이 다만 인간에게 종속적인 수단에 머물렀지만, 4차 산업시대에는 더욱 진화된 인공지능이 인간의 두뇌를 능가하게 될 거야.

이미 몇 년 전에 바둑천재 이세돌이 인공지능 알파고한테 충격의 참패를 당한 건 상징적인 사건이었고, 이젠 무인자동차가 도로를 달리거나 무인비행기가 하늘을 날며, 사람이 없는 자동화공장이 제품을 생산해내는 놀라운 세상에 우리는 살고 있다.

원재야.

네가 학업을 마치고 사회에 첫발을 내딛게 될 무렵이면, 이처럼 어지럽도록 신속한 변화의 물결이 어디까지 도달해있을지 실로 두렵고 걱정스럽구나.

하지만, 미국영화에서 보는 서부개척시대처럼, 네 앞에는 무한대의 가능성과 희망의 세상이 열려있다고 생각하기 바란다. 넌 그 광야를 활기차게 달리며 너 또래 경쟁자들보다 앞서가며 성공하기 바라고, 또한 그렇게 되리라고 할아버지는 확신해.

꼭 그렇게 해줄 거지?

그런 네 모습을 상상하는 것만으로도 기쁘고 즐겁구나.

안녕.

할아버지 편지-26

혁신의 아이콘과 순서파괴

원재야.

너 스티브 잡스가 누군지 알지?

아이폰으로 스마트폰 시대를 연 애플사의 창업주를 모를 리가 있나.

세계적인 혁신의 상징적 아이콘으로 주목받던 잡스가 갑자기 병으로 죽고 나자, 허탈해진 사람들은 '제2의 잡스'를 찾으려고 사방을 두리번거렸는데, 이때 단연 물망에 오른 사람이 누군가 하면 아마존사의 창업주 제프 베이조스란다.

잡스는 정보기술산업의 큰 별로서 사업 분야가 제조업이지만, 베이조스의 사업 분야는 유통업인 데 차이가 있어.

증권업계 펀드매니저로서 연봉을 거금 100만 달러씩이나 받던 베이조스가 1994년 하루아침에 월급쟁이 생활을 때려치우고 자기 집 차고에다 하꼬방 같은 회사를 차려 처음 시작한 사업이 뭔가 하면, 인터넷을 이용하는 전자상거래로 책을 파는 것이었어.

'뭐야, 겨우 책을?'

이렇게 생각할지 모르지만, 당시만 해도 그 아이디어는 누구도 착안 못한 획기적 발상이었거든.

많은 사람들의 의혹과 비웃음 속에서도 아마존은 놀라운 성장세로 승승장구해 얼마 안 가서 전자상거래의 선두주자로 앞서갔고, CD·비디오테이프·약품·애완동물 등으로 취급품목을 다각화하면서 사업을 눈덩이 굴리듯 키워나가 전자상거래 1위에 우뚝 올라섰으며, 베이조스는 세계적인 갑부가 됐단다.

원재야.

할아버지가 굳이 베이조스를 우리 대화에 끌어들인 건 그의 사업 성공 스토리를 얘기하려는 뜻이 아니야.

얼마 전, 아침신문을 보다가 눈에 번쩍 띄는 문구를 발견했지 뭐냐.

'일단 시작하고 실수는 나중에 고쳐라!'

어느 도서광고 캐치프레이즈로서, 아마존의 기업정신과 노하우를 소개하는 책이더구나.

책 제목이 '순서파괴'인데, 광고문안을 유심히 읽어보니 아마존에서는 어떤 사업 아이디어의 시작부터 결과까지 차례대로 하나하나 단계를 밟아나가지 않고 결과를 먼저 도출한 다음, 중간과정은 거꾸로 짜 맞춰나간다는 내용 같았어.

무슨 일이든지 미리 치밀하고 꼼꼼하게 계획을 짜서 순서대로 차근차근 실행해나가야 한다는 일반화된 성공논리에 한 방 먹이는 거 아니겠어? 그런 신선한 역발상의 추진력이 오늘의 아마존을 있게 했다고 여겨진다.

이 사람은 스님처럼 완전 빡빡머리인데, 남이 어떤 시선으로 바라보거나말거나 자기 캐릭터를 그 꼴로 만들어놓은 것부터 범상한 개성의 소유자가 아닌 줄 알겠구나.

원재야.

할아버지가 전에 언젠가 '사물의 이면裏面을'보라고 한 말 기억나지?

그와 연관되는 맥락으로, 앞으로 네 인생을 살아나가는 과정에 제프 베이조스 같은 역발상이 필요한 기회에 직면할 때가 틀림없이 있을 게다.

그럴 경우, 망설이지 말고 용감하게 나아가기 바란다.

'일단 시작하고 실수는 나중에 고쳐라!'

할아버지 편지-27

대한민국의 현주소

원재야.

네가 살고 있는 오늘의 우리나라가 과연 어떤 국가인지 진지하게 궁금해본 적 있냐? 없지?

할아버지가 뜬금없이 이상한 질문을 던지시는구나 싶을지 모르지만, 너도 학생 이전에 국민의 한 사람이니까 자기나라의 현실사정이 어떠한지, 정확까지는 못될지라도 구체적인 상식선까지는 알고 있어야 하지 않겠어?

물론 코로나 사태로 뒤죽박죽이 된 사회질서에 적응도 극복도 어려울 뿐 아니라, 산업경제가 매우 어려워졌다는 정도는 체감으로 알 수 있겠지.

하지만, 이런 현상은 일시적 피상적 부분적 변화일 따름일 뿐 '대한민국의 실체'는 아니라는 사실을 알아줬으면 좋겠구나.

내가 지금의 너 만한 나이 때 한국은 창피하게도 세계에서 제일 가난하고 못사는 축에 드는 몇 나라 중의 하나였단다. 일본의 식민지로 36년 동안이나 억눌려 있다가, 1945년 제2차 세계대전이 끝나 겨우 광복해서 1948년 대한민국 정부를 수립한 지 이태 만인 1950년에 6·25전쟁이 터져 온 국토와 산업이 초토화됐거든.

미국의 경제원조 덕택에 그럭저럭 입에 풀칠이나마 근근이 하고 있을 때 '이래서는 우리의 미래가 없다!'고 외치며 1961년 군사혁명으로 떨쳐 일어나 정권을 잡고 나라를 확 바꿔놓은 탁월한 지도자가 제5대 박정희 대통령이야.

그는 군대식으로 국민들을 독려해가며 경제개발과 공업발전에 힘을 쏟은 결과, 온 세계가 눈이 휘둥그레질 정도로 단기간에 우리나라를 가난한 농업국가에서 발전적인 공업국가로 변모시켜놨어. 이를 두고 외국인들은 '한강의 기적'이라고 탄복했단다.

그 이후 한국은 몇 번의 세계적인 불황도 잘 극복해내며 승승장구해 신흥경제발전의 모범국가로 오늘에 이르렀구나.

지난번에 산업혁명 관련 얘기를 하면서 역사학자 토인비를 언급했지?

그 토인비가 주장했다는 '문명순환설'이 불현듯 떠오르는구나. 그가 어느 책에선가 이런 이론을 폈다고 해.

—인더스·갠지스 두 강에서 발생한 인도문명이 서쪽으로 옮겨가서 이집트·바빌로니아문명을 거쳐 그리스·로마문명으로 이어졌고, 유럽대륙의 문화적 우위가 장기간 지속되다가 18세기 산업혁명 덕택에 세계중심이 영국으로 옮겨갔으며, 제2차 세계대전을 겪으면서 미국시대가 막을 올렸고, 이것이 현대에 들어와 일본과 한국의 번성을 거치면서 중국시대로 이어질 것이며, 이후에는 다시 서쪽으로 이동해 인도에서 소위 '석유문명'의 종언終焉을 고함으로써 인류문명의 한 사이클이 끝날 것이다.

토인비는 죽기 전에 또 이렇게도 말했다고 한다.

—세계를 위해 가장 필요한 것은 한국의 효사상이다. 21세기에는 동북아시아 한국의 효사상과 홍익인간弘益人間 정신이 세계를 지배할 것이다.

홍익인간이란, 널리 인간세상을 이롭게 한다는 뜻으로서 단군할아버지의 건국이념인데, 내가 퍽 오래 전에 토인비와 관련한 이런 기사를 신문에서 읽은 기억이 나는구나.

어쨌거나 오늘의 우리나라는 세계 10대 경제대국의 어엿한 그룹멤버로서, 박정희식으로 표현하면 '민족중흥의 시대'를 활짝 열었다고 보면 될 거야.

한반도의 반쪽 땅덩어리에 불과한 우리나라가 유럽 국가들의 공동체인 EC와 일대일로 대등한 교역협상을 벌일 정도로 국가위상이 높아졌고, 유명한 경제학자인 어느 대학교수의 말을 빌리면 경제규모인지 교역규모인지가 아프리카 대륙 전체를 능가하며, 반도체와 인공지능AI 같은 최첨단기술 분야에서도 세계 최선두그룹에 속해 있다니 실로 대단하지 않아?

우리나라는 최근까지만 해도 개발도상국에 속해 있었으나, 이번에 유엔무역개발회의(UNCTAD)가 195개 회원국 만장일치로 한국의 국제지위를 기존 개발도상국 그룹에서 선진국 그룹으로 격상시켰단다.

중국은 이른바 '차이나머니'로 떵떵거리며 세계경제를 주름잡는다고 뻐기지만 산업경제 전반의 구조결함, 극심한 빈부격차 등 결격사유 때문에 아직껏 개발도상국 딱지를 못 떼고 있는데, 한국이 일약 선진국 그룹에 당당히 올라서는 걸 보고 자존심이 구겨진 중국인들은 부럽고 샘이 나서 아우성을 친대나 어쩐대나.

아무튼 이런 정도면 우리가 고개 빳빳이 쳐들고 가슴 쑥 내밀어 국가적 민족적 자부심을 표할만도 하잖아?

원재야.

할아버지가 생각하기에, 지금 네가 살고 있는 세상은 어쩌면 제4차 산업혁명에서 제5차 산업혁명으로 넘어가는 과도기가 아닐까 싶구나.

그렇다면 머잖아 너의 앞에는 더 많은 발전적 성공의 기회가 기다리고 있을 게 아니겠니.

그런 줄 알고, 상상의 나래를 활짝 펴서 네 꿈을 좇아가거라. 넌 네가 원하는 건 뭐든 해낼 수 있는 자질을 틀림없이 타고난 사람이니까. 알겠지?

좋은 꿈 꾸고 잘 자거라.

| 손자의 답신 |

할아버지 말씀 듣고 보니 우리나라가 대단한 선진국이군요. 이 정도인 줄 전 몰랐어요. 아무튼 새로운 산업혁명의 시대에 제가 뭘 어찌해야 할지, 곰곰이 생각해보고 각오를 단단히 하겠습니다.

할아버지 편지-28

어머니의 사랑

우리 손자 안녕.

오늘 문득 오래 전에 펴낸 내 동시집 『네 마음에 반짝이는 별』을 보고 싶어서 새삼스럽게 펼쳐놓고 책장을 넘기다 보니, 한 작품에서 손길이 멎는구나.

제목이 「유치원 벼룩시장」인데, 너희엄마 책장 어디에 분명히 꽂혀있을 테니, 지난 언젠가 너도 당연히 읽어봤겠지?

유치원에 벼룩시장 여는 날
마징가로봇이랑
털모자를 가져갔다.

다른 아이들도 가져왔다.
책
장난감
공
동물인형……

갖가지 헌것들이다.

아이들은 가짜 종이돈으로
저마다 갖고 싶은 걸 샀다.

난 빨간 어른구두를 얼른 집었다.
엄마한테 선물하려고

—구두 참 예쁘구나.
너무너무 고마워.
엄마가 기뻐서 날 꼭 껴안아주었다.

날마다 하루 두 번
아파트에 유치원 통학차가 올 땐
엄마는 꼭 빨간 구두를 신고
얼굴엔 웃음이 환하다.
엄만 빨간 구두가 좋은가봐.

그런데
외출할 땐 왜 안 신을까?

이 동시를 소리 없이 읽다가, 난 그만 혼자 웃고 말았단다. 유치원 통학버스가 너희네 아파트단지 안의 정류소에 올 때마다 너를 배웅하거나 맞이하기 위해 빨간 구두를 신고 나서는 너희엄마 모습이 새삼 눈에 선해서야.

세상 누구보다 자존심 강하고 남의 눈총 받기 싫어하는 성격인 너희엄마가, 자기 발에는 클 뿐 아니라 유난히 색깔이 튀는 하이힐을 신고 뒤뚱뒤뚱 조심스레 걸으며, 그것도 하루 두 번씩이나 문밖에 나서다니.

아파트단지 안의 사람들은 말할 것 없고, 사정을 모르지 않는 통학버스 인솔교사나, 어쩌면 운전기사까지 말은 안 해도 속으로 얼마나 웃었을까.

그 무렵 어느 날 너희네 집에 갔다가 문간에 놓여있는 그 이상한 신발을 처음 발견하고 곡절을 알게 됐을 때, 할아버지는 가슴이 먹먹했단다.

'얘가 제 자식 기 살려 주려하고 사랑하는 성심이 이런 정도로 대단하구나!'

다른 경우라면 누가 돈다발을 안겨준다고 해도 그런 하이힐에 발을 꿰고 집밖에 절대 나서지 않을, 아니, 나서지 못할 사람이 너희엄마란 말이다.

세상 어머니들 중에 자기자식 사랑하지 않는 사람이 몇이나 되겠냐마는, 너희엄마는 좀 유난한 부류에 속하는 게 틀림없어. 여북하면 보호자가 동반하지 않는 유치원 야외수업에는 걱정이 지나쳐 굳이 너를 결석시켰겠냐.

지난번 언젠가의 편지에서도 할아버지가 너를 어린이과학관에 데려가겠다고 했다가 거절당했던 얘기 했지?

너무 그렇게 하는 건 성장과정의 아이한테 교육상 좋지 않다고 이따금 정색으로 충고해도 소용이 없었어. 그런 사람이 바로 너희엄마다.

원재야.

너는 오늘까지 자라오면서 어머니의 그런 지나친 보살핌이 답답하다고 오히려 반감을 느낀 적이 한두 번이 아니었으리라 여겨지는구나. 때로는 반발심에서 심통을 부리기도 했겠지.

하지만, 오늘의 네가 있기까지 육체적으로나 정신적으로나 절대적 자당분이 돼준 건 크나큰 '어머니 사랑'이었다는 사실을 잊으면 안 된다.

요즘 친부모의 끔찍한 어린이 학대 뉴스가 매스컴에 빈번히 떠서 불편한 사회문제가 되고 있는데, 거기에 비교하는 거 자체가 어불성설이지만, 어쨌든 따뜻하고 무한한 어머니 사랑 속에 보호되어 자라온 넌 얼마나 대단한 행운아냐?

그 사실을 절대 잊지 말기 바란다.

알겠지?

할아버지 편지-29

너의 마돈나를 위하여

원재야.

할아버지가 조심스럽게 물어보고 싶구나.

너 지금 혹시 사귀는 여자친구 있니 없니?

너한테 이런 질문 던진 걸 너희엄마가 알면, 공부에 전력투구하는 애의 마음 산란하게 만든다고 못마땅해서 날 가만두지 않겠지.

하지만, 사랑하는 우리 손자가 어언 이성에 눈뜰 만한 나이에 이르렀기에, 이를테면 예방접종 같은 차원에서 도움이 될 만한 얘기를 미리 해줘 나쁠 거 없다고 생각한다.

누구나 성년이 되면 평생의 반려를 맞아 가정을 이뤄야 하는 건 하늘이 정해놓은 축복된 윤리원칙이고, 이성간의 분홍빛 러브로맨스는 그 반듯한 반려 후보상대를 찾아 선택하기 위한 일종의 통과의례 같은 과정이라 봐야 하지 않겠어?

사람들은 그런 사랑의 성공 환희와, 또는 실패의 쓰라림을 통해서 인생의 참되고 중요한 철리哲理를 배우기도 하고 깨닫기도 하는 거란다.

아직 결혼 적령기가 못되는 청소년기의 이성교제는 그런 측면에서 매우 민감하게 다뤄져야 하며, 그렇기 때문에 주위 어른들이 '공부나 열심히 해야 할 애놈들'의 일탈逸脫로 눈살 찌푸릴 게 아니라, 호의적인 관심으로 적극 어드바이스를 해 줘야 한다는 게 할아버지 생각이다.

잘생긴 미남자 우리 손자한테도 언젠가는 예쁘고 세련된 여친 후보자가 나타나겠지?

그럴 때, 어떻게 하면 여친의 마음을 사로잡을 수 있을지, 그 비결을 가르쳐주마.

첫째, 너의 진정한 인간미—참된 인간성이라고 해도 좋겠지—를 솔직히 보여줄 것.

이건 남자친구나 다른 대인관계에서도 마찬가로 가장 중요한 조건임을 명심하거라. 너는 너희아버지 닮아 품성이 반듯하며 착실해서 타인의 호감을 살 타입이기 때문에 그냥 그대로를 보여주기만 하면 된다. 못하는데도 할 수 있는 척, 갖추지 못했으면서도 갖추고 있는 척하는 건 일시적으론 통할지 몰라도 얕은 밑천이 금방 드러나 상대방의 실망과 비웃음을 사게 되는 요인임을 명심하거라.

둘째, 대화에서 상대방을 존중할 것.

여친의 이야기를 중간에 끊지 말고 끝까지 귀를 기울여주고 나서 네 의견을 진중하게 제시하렴. 상대방 의견이나 주장이 비록 네 생각에 위배되더라도 '야, 그건 아냐' 하는 투의 부정은 절대금물이야. '그것도 나쁘거나 틀리지 않지만, 이러는 건 어떨까?' 하고 간접화법으로 넌지시 수정해주면, 여친은 네 너그러운 매너에 속으로 감탄해 마지않을걸.

셋째, 젠틀맨십을 적절히 발휘할 것.

어떤 장소에서건 여친이 먼저 자리에 앉기를 기다린 다음에 앉고, 일어설 때도 마찬가지야.

그와 반대로, 버스 같은 차를 타는 경우엔 먼저 올라가서 손을 잡아 이끌어주려 하고, 내릴 때는 먼저 내려서 손을 내밀어 부축해주려고 해봐. 하는 척 시늉이 아니라 실제로 그렇게 해주면, 네 여친은 너의 진정어린 배려와 인품에 감동해서 자석 앞의 쇳가루처럼 끌려올 게 틀림없단다.

원재야.

할아버지가 편지 앞머리에서 너희엄마를 다분히 의식하는 투로 말했지만, 솔직히 말해 너희엄마 반응을 별로 걱정하지는 않아. 왜냐하면, 아버지를 탓하기엔 자기 나름 속으로 은근히 찔리는 구석이 없지 않을 테거든.

무슨 이야긴지 뉘앙스가 집히지 않냐? ㅎㅎㅎ

안녕, 아무튼 잘 자거라.

할아버지 편지-30

미래의 꿈과 진로문제

우리 원재에게

오늘 너희할머니와 너에 관한 이런저런 이야기를 하다가 뜻밖의 말을 들었구나.

뭐냐 하면, 네가 꿈꾸는 장래 희망이 외교관이란 거.

할아버지가 미처 너한테 정식으로 굳이 물어볼 기회가 없었던 탓이기도 하지만, 아무튼 내 짐작이 완전히 빗나갔네. 난 네가 이름자의 이니셜인 wj 앞에다 tiger를 붙인 인터넷 아이디를 쓰기에 '이 녀석이 아마도 골프선수를 꿈꾸는가보다' 하고 은근히 짐작했거든.

그러고 보니까 네가 그런 아이디를 생각한 게 청소년다운 깜찍한 장난기에 불과할 뿐 큰 의미를 부여하지 않았다는 증거인데, 어쨌든 좋아. 할머니가 물어봐 서슴없이 그런 대답을 했다면 너 나름으로 작심한 이유랄까 근거가 있을 테지.

우리나라 제14대 대통령이었던 김영삼 전 대통령은 할아버지의 고향어른이기도 한데, 이분은 지금의 너 만한 나이 때 책상 앞에다 '김영삼 대통령'이라고 쓴 쪽지를 붙여놓았다고 하더구나.

공부할 때마다 항상 그걸 바라보며 꿈과 의지를 다지고 키웠다고 한다면 너무 침소봉대針小棒大로 부풀린 치사가 될는지 모르겠지만, 어쨌든 어릴 때 장차 대통령이 되겠다고 희망한 게 그분 인생의 등불이랄까 지표가 된 건 사실 아니겠어?

할아버지도 지금의 너 비슷한 나이 때 장차 소설가가 되겠다는 목표를 정하고, 그런 희망을 항상 머릿속에 담고서 노력을 차근차근 쌓았기에 그럭저럭 오늘 이 위치에까지 이른 셈이다.

원재야.

네가 장차 외교관이 되는 게 꿈이라면, 그걸 실현하는 데 구체적으로 어떤 과정과 노력이 필요한지 모색을 해보기나 했니?

학교공부가 절대적으로 중요하고 시급한 당면과제인 너한테는 실질성이 떨어지는 주문 같아, 기왕이면 할아버지가 네 수고를 덜어주고 싶구나.

예전에는 외교관이 되려면 외무고시에 합격해야만 가능했

어. 높은 일반사무직 공무원이 될 수 있는 지름길인 행정고시, 판사 검사가 될 수 있는 사법고시와 더불어 외무고시는 '3대 고시'의 하나로 꼽히는 어려운 관문이었단다.

그러다가 2014년부터는 외무고시가 없어진 대신에 '국립외교원'이란 교육기관을 통해 외교관이 배출되고 있구나.

외교원에 입학하는 데에 법대나 외대 같은 전공제한은 없고 20세 이상이면 누구나 가능한데, 1차 시험을 볼 수 있는 자격은 토익 870점, 텝스 800점, 토플 97점 이상 중의 하나, 제2외국어는 플렉스 750점 또는 스널트 60점 이상 중의 하나, 거기에다 한국사 능력시험 2급 이상이어야만 한단다.

PSAT공직적격성평가라고 하는 1차 시험은 고난도 공무수행에 필요한 소질을 갖추고 있는지를 종합적으로 평가하는 시험으로서, 언어논리·자료해석·상황판단 등 3개 과목이야.

1차 합격자는 2차 논술시험(국제법·국제정치학·경제학)을 치르고, 2차 합격자는 3차 면접시험을 통과해야 비로소 다음해 국립외교원에 입학할 수 있는 자격을 얻게 된단다.

그러고도 거기서 끝나는 게 아니라, 1년간 외교원 학생으로서 열심히 공부하고, 그 결과로 우수한 성적을 거둬야만 비로소 5등급 외교관에 임용된다는구나. 군인으로 따지면 초급장교인 소위 계급장을 다는 셈이겠지.

원재야.

앞에서 나열한 스터디 과정은 외교관이 되려는 희망자 누구한테나 똑같이 부여되는 어려운 조건이지만, 그 공평한 어려움을 다소나마 가볍게 할 수 있는 어떤 비결 같은 게 있을까 없을까?

만일 네가 묻는다면, 할아버지는 '있다'고 자신있게 대답하마.

그게 뭐냐고?

언젠가의 편지에서 신문사설을 보라고 권장한 적이 있는데, 같은 맥락으로 신문을 열심히 읽으라는 거다. 신문에는 '오늘'뿐만이 아니라 과거와 미래의 일까지 폭넓게 다뤄져 있으므로 세상에 이만큼 유식하고 탁월한 만물박사 선생이 어디 있겠느냐.

그러다 보면 너도 모르게 네 머릿속에 축적된, 세계역사와 국제정세에 관한 가지가지 다양하고 풍부한 지식이 이다음 외교원 입학시험 때 큰 플러스 요인으로 값지게 너를 도와줄 게 틀림없단다.

할아버지 말을 부디 명심하거라.

오늘은 이만 쓰마.

안녕.

할아버지 편지-31

장학생 영광을 축하하며

원재야.

할아버지가 오늘은 막상 편지를 쓰려고 하니 망설여지는구나. 왜 그러냐 하면, 혹시라도 네 마음의 어떤 상처를 건드리게 될지도 모른다는 조심스런 염려 때문이다.

너희엄마한테 들었는데, 서울에서도 손꼽히는 명문고인 너희네 학교의 금년도 입학고사에서 네가 최상위권에 들었기에 해당 구청에서 시행하는 장학금을 받을 자격이 된다는 담임교사 통지를 받았고, 그래서 신청한 결과 운 좋게도 덜컥 선발됐다지?

중학교 과정을 마칠 때까지 네가 엄마 닮아 얼마나 공부를 잘했는지 새삼 증명됐으니 영광스러운 경사가 아니냐? 할아버지도 당연히 기쁘고, 우리 손자 참 기특하고 대견하다는 생각에 흐뭇했단다.

하지만 다시 생각해보니, 장본인인 너는 이런 우려 때문에 마냥 흔쾌하지만은 않고 한편으로는 착잡할 듯싶구나.

'고등학생 되자마자 정신적 방황 때문에 공부를 게을리해 성적이 떨어졌으니, 이렇게 될 줄 알았으면 잡생각 말고 더 열심히 공부할걸 그랬어. 참 바보같이……. 이런 내가 장학금 받는다면 한반 학우들이 의아해하지 않을까? 이죽거리며 비웃는 녀석이 있을지도 몰라. 명색 장학생이면 체면치레를 하기 위해서라도 이제부터 죽어라 공부해 성적을 부쩍 끌어올려야 할 텐데, 과연 그게 가능할까? 목표에 미달해서 오히려 더 민망한 꼴이 되면 어떡하나.'

원재야.

요전번에 할아버지가 제프 베이조스와 그의 회사 아마존의 기업이념이랄까, 광고 캐치프레이즈에 관해서 얘기했지?

'일단 시작하고 실수는 나중에 고쳐라!'

비슷한 맥락으로, 너는 구청장학금 떳떳하게 받고, 명실상부한 장학생이 된다는 목표로 분발해서 더 열심히 공부하면 돼. 넌 기본적인 바탕이 충분히 돼있는 사람이므로 당연히 달성하리라 믿어.

설령 네가 설정한 목표치에 조금 못 미치면 또 어떠냐. 성공적인 결과 못지않게 노력의 과정도 중요하다는 말처럼, 너희부모나 할아버지는 그런 네 모습을 더욱 대견해하고 사랑할 거다.

학교공부 일등이 사회에 진출해서도 당연히 일등한다는 이퀄등식은 성립되지 않아. 앞으로의 기나긴 인생마라톤에서는 초반의 불리를 역전시킬 수 있는 기회가 얼마든지 찾아오니까. 알겠니?

할아버지는 혹시라도 네가 갈등이나 수치심 때문에 또 지난번 같은 진흙에 발을 헛디디면 어쩌나 싶어 은근히 염려되는구나. 설마 그런 불상사는 없겠지? 늙은이 노파심에서 괜한 걱정을 하는 거지?

너는 자신을 그런 나약한 사람으로 만들어선 절대 안 돼.

무슨 생각이든지, 무슨 말이든지 할아버지한테 털어놔주면 고맙겠구나. 나랑 함께 허심탄회 대화하다 보면 뭔가 출구랄까 해결점이 보일 거야.

우리 손자, 아무쪼록 전화 기다리며 이만 그친다.

안녕.

| 손자의 답신 |

할아버지께선 어찌 그리 제 기분을 잘 아세요? 부끄럽습니다.

솔직히 말씀드리면, 겉으로 드러내진 않았어도 이번 일로 상당한 갈등과 고민을 했던 게 사실이에요. 하지만 이젠 괜찮습니다.

할아버지 염려하시지 않아도 되도록, 기대에 어긋나지 않게 할 테니, 지켜봐주세요.

할아버지 편지-32

호국보훈의 달에

원재야.

지금이 벌써 5월 하순, 며칠 안 있으면 6월로 넘어가게 되는구나.

노벨문학상을 받은 미국작가 존 스타인백은 『불만의 겨울』이란 작품에서 6월을 '여러 가지 가능성을 잉태한 계절'이라고 묘사했단다.

우리가 이 말에 주관적 해석을 붙이려면 어떤 합당한 이미지를 떠올릴 수 있을까?

봄을 마감하며 만물의 생장 에너지가 한껏 싱싱하게 충만한 계절, 태양이 작열하는 여름의 환희와 정열에 대한 설렘, 이 낭만적 기대 너머에 약속돼 있음직한 풍요로운 가을, 이런 것들이 아닐까?

하지만, 할아버지는 해마다 6월만 맞이하면 어릴 때 직접 겪은 불행한 6·25전쟁을 떠올리고 우울해지는 걸 어쩔 수 없구나.

1950년에 터진 6·25전쟁은 민족내전 양상으로 벌어졌지만, 역사적으로 보면 제2차 세계대전이 끝날 무렵 심각하게 대립한 민주주의와 공산주의 두 이데올로기가 처음으로 격렬하게 부딪친 세계적 이념전쟁이었어.

소련의 전폭지원을 받은 북한 김일성이 한반도를 공산주의 통일국가로 만들고자 월등한 군사력으로 38선을 넘어 쳐내려온 것이 전쟁의 시작이었단다.

마땅한 대비 없이 기습공격을 받은 국군은 후퇴를 거듭하다가, 미국을 비롯한 유엔군 참전으로 낙동강에서 저지방어에 일단 성공한 데 이어, 9월 15일 맥아더 장군 지휘 아래 국군과 유엔군 연합부대가 인천상륙작전 성공으로 전세를 역전시켜 반격에 나섰다.

9월 28일 서울을 되찾고, 10월에는 압록강까지 진격해서 우리민족의 간절한 소망인 남북통일을 이루는 듯했으나, 공산중국이 엄청난 군대를 파견해 북한을 지원하는 바람에 상황이 역전되고 말았어.

서울을 다시 빼앗겼다가 되찾는 등, 일진일퇴를 거듭하다가 전선이 경기도와 강원도 일원에 걸쳐 교착膠着됨에 따라,

판문점에서 휴전회담이 시작된 게 전쟁 발발 꼭 1년만인 1951년 6월이야.

회담은 포로교환 문제 등으로 의견이 날카롭게 맞서는 바람에 하다말다 식으로 질질 끌었고, 그런 와중에도 치열한 소모전은 계속됐어.

마침내 1953년 7월 27일 정전협정이 이뤄져, 본래의 38선보다 동쪽은 쑥 올라가고 서쪽은 내려온 비스듬한 지금의 휴전선으로 고착됐단다.

3년여 진행된 전쟁 동안 남북 양쪽의 군인 사상자만 240만명에 이르고, 남북한 통틀어 온 국토와 산업이 폐허가 되는 참혹한 꼴이 되고 말았어. 이게 6·25전쟁이다.

그 민족적 비극이 왜 일어났는지, 제2차 세계대전이 끝나고 일본의 압제에서 풀려나 독립할 때 왜 처음부터 단일 통일국가가 못되고 남북분단이 됐는지, 수박겉핥기에 불과한 역사교과서 지식에만 머물지 말고, 그 구체적 내용은 대학에 가서나 사회초년생일 때 스스로 천착해서 제대로 알아보거라.

이건 단순한 호기심 차원을 떠나, 대한민국 국민으로서 당연히 짚고 넘어가야 할 숙명적 과제임을 명심해야 한다는 것이 내 지론이며 너에 대한 주문이다.

세월이 많이 흐르고, 우리사회에 이른바 진보좌파 세력의 목소리가 부쩍 커짐에 따라 6·25전쟁의 진상을 왜곡하는 어처구니없고 한심한 작태가 눈살을 찌푸리게 하는구나.

심지어 역사교과서에도 왜곡되고 전교조 횡포 때문에 학교에서도 제대로 가르치지 않는 거 같으니, 세상이 왜 이 모양 됐는지 통탄스럽고 서글프다.

할아버지는 감수성 예민한 나이에 그 시대를 살아 경험했기에 누구보다 잘 안다고 자부할 수 있다. 앞의 설명은 간략하긴 해도 틀림없는 진실이다. 부디 명심하거라.

네 풍부한 감성에 신선한 자극이 되도록 노래 가사 두 편을 붙이니 잘 음미하기 바란다.

[전우야 잘 자라]

전우의 시체를 넘고 넘어 앞으로 앞으로
낙동강아 잘 있거라 우리는 전진한다
원한이야 피에 맺힌 적구(赤狗)를 무찌르고서
꽃잎처럼 떨어져 간 전우야 잘 자라

우거진 수풀을 헤치면서 앞으로 앞으로
추풍령아 잘 있거라 우리는 돌진한다
달빛 어린 고개에서 마지막 나누어 먹던

화랑담배 연기 속에 사라진 전우야

고개를 넘어서 물을 건너 앞으로 앞으로
한강수야 잘 있더냐 우리는 돌아왔다
들국화도 송이송이 피어나 반기어주는
노들강변 언덕 위에 잠들은 전우야

터지는 포탄을 무릅쓰고 앞으로 앞으로
우리들이 가는 곳에 삼팔선 무너진다
흙이 묻은 철갑모를 손으로 어루만지니
떠오른다 네 얼굴이 꽃같이 별같이

행진곡 스타일인 이 곡은 정식 군가가 아니지만, 전쟁 당시 모든 국군병사들뿐 아니라 일반사회에서도 대중가요로 널리 애창됐던 노래로서, 가슴 뭉클한 비장미를 불러일으키는 명곡이다. 가사도 여느 명시名詩 못지않게 뛰어나고.

[전우가 남긴 한마디]

생사를 같이했던 전우야 정말 그립구나 그리워
총알이 빗발치던 전쟁터 정말 용감했던 전우다
조국을 위해 목숨을 바친 정의의 사나이가
마지막 남긴 그 한마디가 가슴을 찌릅니다

이 몸은 죽어서도 조국을 정말 지키겠노라고

전우가 못다 했던 그 소망 내가 이루고야 말겠소
전우가 뿌려놓은 밑거름 지금 싹이 트고 있다네
우리도 같이 전우를 따라 그 뜻을 이룩하리
마지막 남긴 그 한마디가 아직도 쟁쟁한데
이 몸은 흙이 돼도 조국을 정말 사랑하겠노라고

이 곡은 시대적으로 훨씬 내려와서 1970년대 말에 어느 여성가수가 불러 크게 히트했던 대중가요다. 이를테면 전사한 병사들의 넋을 새삼 기리는 애잔한 진혼곡인 셈인데, 우습겠지만 할아버지 애창곡의 하나란다.

한가할 때 인터넷 음악사이트에서 이 두 곡을 선별해 다운받아 한 번쯤 들어보면 어떻겠니?

그러면 할아버지가 왜 이런 권유를 하는지, 예민한 네 감성이 파르르 떨며 너에게 답을 주리라 믿는다.

안녕.

할아버지 편지-33

너도 정치를 알아야 한다

원재야.

오늘 할아버지는 너한테 이 편지를 쓰려고 긴 시간 동안 망설이며 꽤 많은 생각을 했단다. 왜냐 하면, 이번 테마가 네 장래의 인생과 바로 직결된다는 심각성 때문이다.

너는 잘 모를 거다만, 지금은 우리나라 현실정치에 놀라운 혁신의 바람이 밀려오기 시작한 시점에 해당되는구나.

공부하느라 머리를 싸맨 학생에게 이런 정치얘기가 왜 중요하다고 이러시나 싶을지 모르겠다. 하지만, 너도 엄연히 대한민국 국민의 한 사람일 뿐 아니라, 내후년이면 각종 정치선거에 투표권을 직접 행사하게 되는 유권자 신분이 된다는 사실을 굳이 상기시켜주고 싶구나. 따라서, 넌 정치문제에 대해서 무관심할 수 없고, 무관심해서도 안 된다는 것이 할아버지 생각이다.

오늘날 우리나라 정치계를 주름잡는 두 큰 정당 중에 국가

정치권을 현재 잡고 있는 여당은 진보좌파 정당이고, 그 상대역인 야당은 보수우파 정당으로 분류된다. 보수와 진보, 우파와 좌파가 뭔지, 그 각각의 가치관이 어떤 이념을 지향하고 있는지는 너도 어렴풋이나마 이해할 수 있을 거 같구나.

어쨌든 그밖에도 작은 정당이 여럿 있지만, 그들은 나와 너 우리 대화의 이번 테마와 관련해서는 전혀 논외의 존재에 불과해.

그렇다면 할아버지가 말하고자 하는 '큰 변화의 바람'이란 게 대체 뭘까?

이번에 보수우파 야당이 자체적으로 당대표 선거를 치렀는데, 정치경험이 거의 없는 삼십대 중반 젊은이가 신선한 이미지를 내세워 기득권 기성세대를 상대로 압도적인 표차의 승리를 거둬 당권을 잡아 세상을 깜짝 놀라게 했구나. 문제는 이 돌풍이 일회성 자극제로 끝나는 게 아니라, 여든 야든 정치권에 대폭적인 세대교체로 파급될 전망이며, 그 변화의 물결이 당장 내년 3월에 치러질 제20대 대통령선거에도 틀림없이 결정적인 영향을 줄 거란 사실이다.

원재야.

지금의 넌 아직 공부하는 학생 신분에 불과하지만, 머잖아 한 사람 유권자로서 대통령선거를 비롯해 각종 선출직 공직자

선거마다 '한 표'의 권리를 행사하게 될 거란 사실을 잊지 마라.

그럴 때 네가 어떤 정치적 자세와 태도를 견지해야 될지는 그때 가서 스스로 고민해볼 일이겠으나, 할아버지가 심각하게 생각하는 바는 젊고 매력적인 이 야당대표로 말미암은 혁신과 세대교체의 바람이 사회전반에 걸쳐 확산되지 않겠는가 하는 긍정적인 가능성이다.

너희세대가 사회주역으로 활동하게 될 즈음에 가서는 지금보다 훨씬 빠르고 역동적이며 경쟁적인 변화가 이뤄질 게 틀림없어.

그렇기 때문에 너는 공부도 중요하지만 외부로 향한 눈을 항상 열어놓고 정치적 사회적 변화를 관심있게 지켜보기 바란다. 너 또래 청소년들보다 폭넓은 안목을 가지려고 의식적으로 노력하라는 거다.

신문 사설을 읽어라, 사물의 이면을 보려고 노력하라, 현실상황에 대한 인식에 깊이와 무게를 더하라, 상상의 스펙트럼을 키워라 등등, 그동안 할아버지가 일러준 여러 가지 주문사항들도 머리에 항상 담아두고 있겠지? 그것들과 같은 맥락이다.

끝으로, 할아버지가 농담 한마디 할까보다.

"우리 손자, 성공적인 외교관 생활을 마친 후 러브콜 받고 국내정치계에 입문하는 일은 혹시 없을까? 외교관도 상대가 외국과 외국인일 뿐, 정치활동인 건 마찬가지인걸."ㅎㅎㅎ

| 손자의 답신 |

할아버지, 안녕하세요?

중간고사 시험을 친 게 엊그제 같은데 벌써 여름방학이군요. 방학을 맞아 나름의 여유가 생기고 친구 만날 시간도 생기고, 무엇보다 맘 편히 편지 쓸 시간이 생겨서 좋네요.

이번 편지는 정치 얘기네요?

저는 할아버지 짐작대로 정치의 '정'자도 모릅니다.

그동안 정치에 관해서는 그저 다른 세대의 이야기이며 난해하고 어려운 것이라고만 여겼어요. 그러다보니 자연스레 관심이 안 가더라고요. 그런데 밀레니엄 세대의 정치인이, 그것도 야당에서 선출되었다니 놀랍군요.

할아버지 말씀대로 정치의 큰 변화의 물결이 곧 3년 뒤 제가 그대로 맞닥뜨릴 현실이라는 게 새삼 느껴지네요.

제 친구들도 대부분 정치에는 무관심이지만, 그중에 유난히 정치에 빠싹한 친구가 있어요. 신기한 건 그 친구 말하는 게 마치 우리보다 몇 살 더 먹은 애랑 얘기하는 것 같아요. 우리나라 정치뿐만 아니라 경제나 외교에 대해서도 할 말이 술술 나오는 걸 보면 부럽더라고요. 어쩌면 그 친구도 할아버지께서 말씀하신 것처럼 신문을 읽고, 사물의 이면을 보는 연습도 했을까요?

저도 이제부터는 유튜브 대신에 뉴스를 보는 습관을 길러야겠다고 생각합니다.

(+그동안의 학교 시험성적을 볼 때마다 스스로에게 실망스럽고, 때때로 포기하고 싶은 마음이 들곤 했어요. 그럼에도 돌이켜보면 할아버지 편지가 알게 모르게 첫 고등학교 생활의 버팀목이 되어주었어요. 정말 감사합니다.

할아버지께서 말씀하신 제프 베이조스를 거울삼아, 이번 방학에 열심히 준비해서 2학기 때는 전의 부족한 점들을 바로잡아 나아갈 테니 지켜봐주세요.)

할아버지 편지-34

올바른 독서의 중요성

원재야.

사랑하는 우리 손자한테 '이번에 보낼 편지의 테마는 어떤 게 나을까?' 하는 생각으로 궁리하고, 매번은 아닐지언정 이따금 네가 보내오는 답신을 읽고 흐뭇해하는 게, 돌이켜보니 내게는 무척 즐겁고 보람된 나날이었다고 여겨지는구나.

너도 할아버지 편지가 알게 모르게 정신생활의 버팀목이 돼주었다고 했지?

하지만 '듣기 좋은 말도 한두 번으로 족하다'고 하듯이, 더 이상 지속하면 식상할 듯싶어 일단 이만 마무리를 지을까 한다.

그런다고 너와 나 사이의 대화 채널이 아주 사라지는 건 아니지 않느냐. 앞으로도 언제든지 서로 진지한 대화의 필요성이 느껴질 때는 주저하지 않고 자연스럽게 복원해서 의견을 주고받기를 바란다.

너도 이의가 없을 테지?

일단락에 즈음해서 마지막으로 너한테 충고랄까 선물 턱으로 얘기 해주고 싶은 주제가 어떤 게 좋을까 하고 곰곰이 생각해본 결과, 독서에 관한 조언이 마땅하겠다고 여겨지는구나.

앞서 언젠가의 편지에서도 세상과 인생에 관해 현명한 안목과 지식을 넓히는 데 필요한 독서를 언급하면서 소설 읽기를 권유한 적이 있었지?

그땐 다른 테마를 중점적으로 다루면서 부수적으로 수박 겉핥기처럼 지나갔는데, 이번에는 그 테마를 좀 더 구체적으로 다룰까 한다.

사람은 누구나 자신의 미래인생이 가능한 한 현재보다 더 낫고 보람되기를 소망하기 마련 아니겠느냐. 그러자니 평생 동안 무수한 인물들과 유기적인 관계를 맺으며 더불어 살아가야 하는 사회성 구조 탓으로 타인과의 '비교와 경쟁' 구도에서 아무도 자유로울 수가 없단다.

따라서, 그 비교와 경쟁에 우위를 점하며 스스로 삶의 지적 행복감을 얻기 위한 가장 쉬운 기본방법이 독서라고 이해하면 되겠구나.

앞선 시대의 유명한 인물들이 독서에 관해 저마다 피력한

교훈도 할아버지의 뜻과 다르지 않을 거다.

■사람은 책을 만들고 책은 사람을 만든다.—신용호

■책은 한 권 한 권이 하나의 세계다.—워즈워스

■독서란, 자기 머리가 남의 머리로 생각하는 일이다.—쇼펜하우어

■좋은 책을 읽음은 과거의 가장 뛰어난 사람들과 대화를 나누는 것과 같다.—데카르트

■독서는 약처방처럼 당장 효과가 나타나거나 행복을 만들어주지 않는다. 그러나, 한 권 한 권 읽는 동안 내가 무엇을 알고 무엇을 모르는지를 스스로 깨닫는 데 틀림없이 도움된다.—패디먼

■과학에서는 최신 연구서를 읽고, 문학에서는 최고最古의 책을 읽으라. 고전은 항상 새로운 것이다.—리턴

■사람이 늙어가며 겪는 생활의 가치는 그가 살아오는 동안 책을 얼마나 읽었는가에 따라 달라진다.—아널드

■독서가 정신에 미치는 영향은 운동이 육체에 미치는 영향과 같다.—에디슨

■남아는 모름지기 책을 다섯 수레는 읽어야 한다.—두보

그렇다면 무슨 책을 과연 얼마나 읽어야 할까?

이 점에 관해서는 사람마다 생각하는 필요성과 중요도가

다르기 때문에 어떤 규정이나 한계를 지어서 말하는 건 문제가 있을 것이다.

우리나라를 상징적으로 대표하는 지성집단이라고 할 수 있는 서울대학교의 '권장도서 100선'을 살펴볼까?

물론 이것은 자기네 학교 재학생들의 교양을 높이기 위함이 일차적 목적이겠지만, 그게 다른 일반인들한테 원용되지 말란 법도 없지 않겠느냐.

하지만 이 정도면 거의 전인적全人的인 완벽을 요구하는 까마득히 높은 경지이므로, 네가 그 엄청난 독서부담에 미리 질려서 엉덩방아를 찧지 않도록 할아버지 나름으로 3분의 1쯤 간추려보는 게 좋겠구나.

이 중에는 요약본 형식으로 네가 이미 접해본 책이 있을지 모르겠지만, 아무튼 앞으로 살아가는 동안 시간과 기회를 봐가며 최소한의 생활화를 기해야 할 독서향상에 십분 활용하기 바란다. 다다익선多多益善이란, 이런 경우에 딱 들어맞는 말 같구나. 그래서 남들보다 현저한 비교우위에 설 수 있도록 너 자신의 교양과 품위를 업그레이드시키도록 해라.

부끄럼을 무릅쓰고 솔직히 고백하건대, 평생을 글과 더불어 살아왔다고 자부하는 나 역시 그 3분의 2에 속하는 저작들도 여태까지 미처 못 접해본 게 태반을 넘는구나. 부끄러운 노릇이다. 그래서 이 예기치 못한 계기를 맞아 새로운 각오와 의욕으로 여생 동안에 너처럼 노력할 작정을 해본단다.

어쩌면 훨씬 훗날 우리가 저마다의 독서경험과 이해에 입각해서 같은 책 내용을 놓고 새로운 패턴의 진지하고 값진 토론을 해볼 수도 있지 않을까 은근히 기대되는구나. 그렇게만 되면 얼마나 의미 깊고 행복한 노릇이겠느냐.

사랑하는 우리 손자, 그럼 안녕.

[한국문학]

1. 고전시가선집
2. 연암산문선—박지원
3. 구운몽—김만중
4. 청구야담
5. 무정—이광수
6. 삼대—염상섭
7. 천변풍경—박태원
8. 고향—이기영
9. 탁류—채만식
10. 백석시전집—백석
11. 카인의 후예—황순원
12. 토지—박경리

[외국문학]

13. 당시선
14. 홍루몽—조설근
15. 루쉰전집—루쉰
16. 마음—나쓰메 소세키
17. 설국—가와바타 야스나리
18. 일리아드·오디세이아—호메로스
19. 신곡—단테
20. 그리스로마신화
21. 셰익스피어 희곡—셰익스피어
22. 주홍글씨—호손
23. 젊은 예술가의 초상—조이스
24. 허클베리 핀의 모험—트웨인
25. 황무지—엘리엇
26. 인간조건—말로
27. 파우스트—괴테
28. 마의 산—만
29. 변신—카프카
30. 양철북—그라스
31. 돈키호테—세르반테스
32. 백 년 동안의 고독—마르케스
33. 고도를 기다리며—베케트
34. 카라마조프네 형제들—도스토예프스키
35. 안나 카레니나—톨스토이
36. 체호프 희곡선—체호프

[동양사상]

37. 삼국유사—일연
38. 퇴계문선—이황
39. 율곡문선—이이
40. 다산문선—정약용
41. 논어
42. 맹자—맹자
43. 대학·중용—증자·자사
44. 장자—장자
45. 사기열전—사마천

[서양사상]

46. 역사—헤로도토스
47. 국가론—플라톤
48. 니코마코스 윤리학—아리스토텔레스
49. 고백록—아우구스티누스
50. 군주론—마키아벨리
51. 방법서설—데카르트
52. 정부론—로크
53. 법의 정신—몽테스키외
54. 에밀—루소
55. 국부론—스미스
56. 실천이성비판—칸트
57. 자유론—밀

58. 자본론—마르크스

59. 도덕계보학—니체

60. 꿈의 해석—프로이트

61. 간디 자서전—간디

[과학기술]

62. 신기관—베이컨

63. 종의 기원—다윈

64. 부분과 전체—하이젠베르크

65. 엔트로피—리프킨

66. 이기적 유전자—도킨스

67. 객관성의 칼날—길리스피

68. 카오스—글리크

| 손자의 답신 |

방금 할아버지 편지를 읽고 생각난 것이, 엄마는 제가 어렸을 때에는 독서를 많이 했다면서 은근 안타까워(?) 해요. 유독 맞춤법과 어휘에 예민한 제 면모가 어릴 적 책으로부터 길러진 때문이 아닐까 싶네요. 그러다 보니 말로 표현하는 것보다 생각을 정리해서 글로 쓰는 걸 더 좋아하는 편이에요. 장점이라면 장점이죠. 덕분에 할아버지랑 이렇게 편지도 주고받고요.

특히 중학생이 되어서는 '코스모스'나 '페르마의 마지막 정리' 같은 과학 분야의 책들을 종종 찾아 읽었어요. 덕분에 그쪽 배경지식이 수능대비 비문학 문제집 풀이에 도움이 되더라고요.

재밌는 건, 오히려 문학을 덜 읽어서 고전문학 지문에는 애를 먹는 중이에요. 이렇듯 전에는 몰랐는데, 지금 생각해보면 그동안 읽은 책들 때문에 제 지적 능력이 성장한 게 느껴져요. 이래서 사소한 거지만 습관을 만드는 게 참 중요한 것 같아요. 꾸준히 읽다가 적성에 맞는 분야 또는 작가에 꽂히면 자연스레 찾아보게 되고, 그렇게 점점 성장하니까요.

동생은 제 경우와는 달리 책 읽어줄 사람이 없어서 습관이 잡히지 않은 게 아쉬워요.

저도 한편으로는 공부할 게 많다는 핑계로 독서를 놓다시피 하고 있는데, 이번 기회에 우리 가족 모두 책 읽는 습관을 길러야겠어요.

아마 주말이나 다음 주 중에 할아버지 댁에 놀러갈 텐데, 할아버지 서재에서 저랑 동생 읽을 문학 책 한 권씩만 추천해주세요. 자기 전에 틈틈이 읽어볼게요.

어느새 마지막 답장이네요. 일곱 손자들 중에서도 꼭 저랑 이 프로젝트를 해볼 기회를 주셔서 감사합니다. 또 할 얘기가 생기면 언제든 연락할게요.

할아버지는 네 편이란다
—조부와 손자의 감성대화법 34

초판 1쇄인쇄 2022년 2월 1일
초판 1쇄발행 2022년 2월 3일

저 자 손영목
발행인 박지연
발행처 도서출판 도화
등 록 2013년 11월 19일 제2013-000124호
주 소 서울시 송파구 중대로34길 9-3
전 화 02) 3012 - 1030
팩 스 02) 3012 - 1031
전자우편 dohwa1030@daum.net
인 쇄 유진보라

ISBN | 979-11-90526-66-1 *03810
정가 10,000원

도화道化, fool는

고정적인 질서에 대한 익살맞은 비판자,
고정화된 사고의 틀을 해체한다는 뜻입니다.